Rose Asphalte

enquêtrice de l'étrange

18, rue Barbès, 92128 Montrouge Cedex
ISBN : 979-1-0363-4733-7
Dépôt légal : mars 2023

Loi n° 49-956 du 16 juillet 1949 sur les publications destinées à la jeunesse.

ANNE SCHMAUCH

Rose Asphalte

enquêtrice de l'étrange

LE CHEVALIER DE L'AUTOROUTE HANTÉE

ILLUSTRÉ PAR MOKË

bayard jeunesse

1
Moteur de taxi ou d'avion de chasse ?

Vraaaaaoum !

Le rugissement d'un moteur me tire du sommeil. J'ouvre un œil. Mon réveil indique 8 h 30.

Vraaaaaoum !

La pétarade vient du salon. Jeanne y aurait-elle garé son taxi pour la nuit ? Elle en est capable...

Ma sœur est chauffeur de taxi, et elle tient à sa berline comme à la prunelle de ses yeux. À Noël dernier, elle a offert à sa voiture des protège-roues en laine de cachemire pour que le froid hivernal n'endommage pas la gomme de qualité supérieure qui compose ses pneus.

VRAAAAAAaaaaaoum !

Le vrombissement devient celui d'un avion de chasse. Il faut que j'aille voir ce qui se passe. Je saute de mon lit, je m'habille en un clic et je fonce au salon.

Ma sœur est bien là, mais pas son taxi ni aucun avion... Concentrée sur son ordinateur, Jeanne se prend pour une DJ : elle tourne les boutons d'une console de mixage pour déformer les sons.

– Salut Rose, bien dormi ? elle me lance par-dessus le barouf.

Sans me laisser le temps d'en placer une, ma sœur embraye :

– Comment tu trouves ma symphonie pour 26 moteurs et deux motards ? C'est un hommage à Mozart !

Entre deux nouveaux *Vraaaaaaaoum*, je demande :

– Tu composes de la musique avec des bruits de moteur ?

– Idée de génie, n'est-ce pas ? Quelle finesse de son ! Quelle émotion ! J'ai hâte de faire écouter mon morceau aux parents !

Nos parents sont musiciens. Quand ils sont en tournée, ma grande sœur s'occupe de moi.

– Mouais, je réplique. En attendant de participer aux Victoires de la musique, tu peux baisser le son ?

Ma sœur ronchonne que je ne comprends rien à l'art puis pose son casque audio sur ses oreilles. Tandis qu'elle se replonge dans son monde de moteurs et de mécanique, je quitte le salon en savourant le silence.

En entrant dans la cuisine, je vois de la neige par la fenêtre. Météo parfaite pour un premier jour de vacances d'hiver ! Je m'approche pour regarder tomber les flocons – j'adore la neige –, mais – horreur ! – je découvre Euclide ! Le pauvre pigeon patiente à l'extérieur en frissonnant de toutes ses plumes. Je me précipite pour lui ouvrir, et l'oiseau entre sans se faire prier. Ensuite, d'un coup d'aile, il se pose sur le radiateur.

– Pas trop froid aux pattes ? je demande.

En guise de réponse, il pousse un roucoulement enroué qui sonne comme un glagla. Le pauvre. En plus d'être frigorifié, il a l'air affamé.

– Pendant que tu te réchauffes le bec, je te prépare une tartine !

J'étale une couche de confiture de fraises – sa préférée – sur un bout de pain. À peine l'ai-je terminée que l'oiseau se jette dessus avec la frénésie d'un marteau-piqueur.

Pas facile de trouver des vers de terre par ce temps, j'imagine... De toute façon, Euclide est un gourmet, jamais il ne s'abaisserait à manger du lombric.

Je remarque alors un bout de papier enroulé à sa patte.

– T'as un message pour moi ? je demande.

Le pigeon me répond par un roucoulement affirmatif.

Euclide est un pigeon biset tout à fait ordinaire, et parfaitement exceptionnel. Quand je l'ai recueilli, il venait de recevoir la foudre sur le coin du bec. Il n'était pas en très bonne forme, mais – avis aux scientifiques qui voudraient se pencher sur la question – il semblerait que le choc ait décuplé ses capacités cérébrales. En clair, Euclide est un pigeon hyper méga giga super intelligent. Et puis, j'ignore si c'est parce qu'il a oscillé entre la vie et la mort, mais il a le chic pour dénicher des situations pas normales, paranormales, voire anormalement pas normales.

Tout ce que j'aime... Parce que, si Euclide a l'intelligence du génie, j'ai, pour ma part, un syndrome que je qualifierais volontiers de « syndrome du saint-bernard ». Vous savez, ce gros chien de montagne qui vient en aide aux gens perdus dans la neige. Eh bien, moi c'est la même chose : je ne peux pas m'empêcher de voler au secours des gens en détresse. Enfin, d'y courir, puisque je n'ai pas encore d'ailes.

Une fois qu'Euclide a terminé sa tartine, il me tend sa patte. Je déplie alors le papier qui y est enroulé, et je lis :

Latitude : 49.017228 | Longitude : 2.422775

Je reconnais tout de suite des coordonnées GPS. J'ai l'habitude avec ma sœur, elle a un GPS à la place du cerveau. Heureusement, elle a aussi un téléphone portable qui fait GPS. Je l'attrape et j'entre les chiffres inscrits sur le papier pour voir à quel lieu ils correspondent.

Un instant plus tard, le plan s'ouvre sur une zone située à quelques kilomètres au nord de Paris, mais rien de précis n'y apparait : l'endroit ne comporte qu'un enchevêtrement de routes et de terrains vagues, voire des décharges à ordures sauvages.

– Quelqu'un a besoin d'aide, là-bas ? je demande.

Le pigeon roucoule.

– Je vais prévenir Firmin, je dis en éteignant le GPS.

Firmin est comme Euclide, il a un super cerveau. Seulement, son intelligence est proportionnelle à sa trouillitude : immense. Si je suis affublée d'un syndrome du saint-bernard, Firmin est, pour sa part, atteint du syndrome du bernard-l'ermite. Il n'aime ni l'aventure ni les gens qui font peur (ni les gens tout court, d'ailleurs) et il déteste dormir ailleurs que dans son lit. Aussi, une fois qu'il est hors de sa coquille (c'est-à-dire, hors de sa chambre), il n'a plus qu'une idée en tête : y retourner. Et pour ça, il est prêt à résoudre n'importe quelle enquête !

Firmin Fourmi est mon meilleur ami et il est aussi mon voisin. Nous vivons tous les deux au rez-de-chaussée et seule une cour intérieure sépare nos deux appartements. Je n'ai qu'à la traverser pour arriver chez lui.

En moins de dix secondes, je suis devant sa fenêtre.

– Firmin ! Euclide a un message !

Sans attendre de réponse, j'escalade puis pousse la fenêtre, qui ne ferme plus bien. Et j'atterris dans sa chambre.

– Firmin ?

Firmin n'étant pas dans la pièce, je décide de tenter ma chance au salon.

Les parents de Firmin sont comme les miens : souvent absents. Eux, ils étudient les planètes et les trous noirs et c'est son grand frère, Dimitri, qui s'occupe de Firmin. Seulement, cette semaine, comme Dimitri participe à une compétition de ski, ma sœur veille sur tout le monde.

Euclide s'est posé sur mon épaule. Je lui demande :

– Tu crois qu'il est parti faire de la luge sur la butte Montmartre sans m'attendre ?

Euclide laisse échapper un roucoulement qui sonne comme un éclat de rire.

– Mouais, t'as raison... Firmin, faire de la luge... Il y a peu de chances !

Mince, il est où, alors ?

Un peu déçue, je m'apprête à rebrousser chemin lorsque j'entends un discret reniflement. Je tends l'oreille. Oui, quelqu'un renifle.

– Firmin ? j'appelle.

Aucune réponse.

Immobile au milieu du salon, je suis aux aguets lorsque, tout à coup, un éternuement retentit. Le bruit vient d'un grand cagibi dans le couloir. Les portes sont ajourées à la façon d'un volet et je devine une silhouette à l'intérieur. Firmin ?

J'ai compris ! Mon ami m'a entendue arriver avec Euclide. Il a compris que le pigeon avait une mission pour nous et il s'est planqué !

Je tente d'ouvrir le placard, mais il est verrouillé.

Derrière la porte, Firmin bougonne :

– Laisse-moi tranquille, Rose. Hors de question que je participe à une nouvelle enquête. Je te rappelle que nous avons failli terminer en zombi[1] !

– Nous sommes revenus en un seul morceau, c'est tout ce qui importe, non ?

Un gros *pouêêêêêêt* me répond. C'est Firmin qui se mouche. Il est bien enrhumé, on dirait.

---

1. Voir Rose Asphalte, tome 1. *La colo des zombis.*

– Tu comptes rester longtemps dans ce cagibi ?

– Aussi longtemps qu'il le faudra ! J'ai ma lampe de poche frontale, de l'eau, des goûters, mon cartable et une pile de livres. Je suis en mesure de tenir toutes les vacances.

– Tu peux pas me lâcher, Firmin !

– Oh que siaaaatchoum !

– Allez, c'est pas loin ! On peut même s'y rendre en bus !

– En bus ? Hors de question ! Je ne viens pas, Rose. Et, pour ton information, je suis tout à fait capable de faire de la luge, du moment qu'il n'y a pas de descente !

Ensuite, il se tait. Je connais Firmin. Je ne tirerai plus rien de lui.

Je fais un clin d'œil à Euclide puis je lance :

– Ok, comme tu veux. Je te laisse.

En guise d'au-revoir-bonne-chance, je récolte un atchoum suivi d'un nouveau *poooooooêt*. Firmin est décidément très enrhumé.

En réalité, je n'ai pas complètement renoncé à l'embarquer... Je vais juste m'y prendre autrement. Si j'arrive à convaincre Jeanne de nous accompagner, Firmin changera sûrement d'avis.

Je trouve ma sœur à la cuisine. La compositrice fait une pause. Assise devant un café, elle rédige un SMS sur son téléphone.

– Jeanne, sur une échelle de 1 à 10, tu dirais que je suis comment, comme petite sœur ? Je veux dire, plutôt sympa ou plutôt très très sympa ?

Ma sœur se marre.

– Dis-moi tout de suite ce que tu veux, ça ira plus vite.

– Euclide m'a apporté un message et...

– Ah non ! coupe-t-elle. J'ai promis aux parents de prendre soin de toi. Hors de question de s'embarquer dans une nouvelle histoire de fous !

Très bien.

Je décide de tenter une autre approche.

– Si tu ne veux pas m'accompagner, prête-moi juste ton taxi et ton permis. Je sais conduire puisque tu m'as appris ! Si je mets tes lunettes de soleil, aucun policier ne verra la différence. Tout le monde dit qu'on se ressemble comme deux gouttes d'eau !

– Personne ne dit ça, Rose. Et il n'est pas question que je te passe les clés !

Très bien.

Il me reste une dernière tentative. Une arme illégale...

– Est-ce que Dimitri et toi, vous êtes amoureux ?

Ma sœur pose son café et me regarde droit dans les yeux.

– Tentative de négociation à l'aide d'une arme illégale détectée ! C'est non, Rose.

– Non à quoi ? Non, tu ne m'emmènes pas ? Ou non tu n'es pas amoureuse ?

Ma sœur regarde l'horloge.

– Non à tout, Rose. D'ailleurs, à propos de Dimitri. Il devait rentrer ce matin, mais il a eu la mauvaise idée de rater son train. Il a pris un car, qui va le déposer à 25 kilomètres de Paris. Il compte rentrer en stop, mais on va lui faire une surprise. Ce soir, on ira l'attendre à l'arrivée.

– Une surprise ? je m'étonne.

– Exact. Et cela ne signifie pas que je suis amoureuse de lui !

Le soir, je repasse chez les Fourmi, mais Firmin n'est plus dans son cagibi. Je le cherche partout, même dans la machine à laver (il s'y est déjà caché pour échapper au cross de l'école), mais je ne le trouve nulle part. Et comme son cartable a disparu, lui aussi, j'en déduis que Firmin a quitté l'appartement. À tous les coups, il a filé s'installer à la bibliothèque. Il s'y est déjà fait enfermer volontairement toute une nuit. Et il sait que je ne viendrai jamais le chercher au milieu des bouquins : je suis allergique à tout ce qui comporte des pages.

Je rejoins ma sœur, qui patiente à côté de son taxi.

– Firmin est à la bibliothèque.

– Tant pis pour lui. Grimpe, vite ! On va louper Dimitri !

Je m'installe à l'avant du taxi et ma sœur me tend son téléphone.

– Champmesnil-sur-Venoise, dicte-t-elle. C'est la ville dans laquelle arrive le car.

À regret, j'efface les coordonnées apportées par Euclide pour entrer le nom de notre destination. Le pigeon est sur le rebord de la fenêtre de notre appartement. Je lui jette un regard dépité. Ça me fait mal au cœur de savoir que quelqu'un quelque part a besoin de nous, et que nous n'irons pas l'aider.

Vivement que j'aie le permis.

Ou un double des clés du taxi de Jeanne...

2
Qui s'amuse à jeter des frigos au milieu de la route ?

– Quel doux bruit que celui du pneu sur la neige ! s'extasie ma sœur. Et si j'en faisais un opéra ?

Je me contente de sourire en regardant la route. Malgré la fine couche de neige qui ralentit tout, le périphérique parisien est chargé. Entre ceux qui partent au ski et ceux qui rentrent du ski, ça roule de partout. Quant à l'autoroute sur laquelle nous nous engageons ensuite, c'est pire. Elle est encore plus encombrée.

Jeanne connait par cœur les environs de Paris. Elle pourrait rouler les yeux fermés. Aussi quand le

GPS annonce « Prenez la sortie dans quatre. cents. mètres », elle est surprise.

– J'ai jamais emprunté cette sortie !

Elle jette un œil distrait au GPS et ajoute :

– En même temps, je ne suis jamais allée à Champmesnil-sur-Venoise...

À la sortie de l'autoroute, nous débouchons sur une route complètement déserte. Enfin il me semble, parce que niveau visibilité, ce n'est pas le pied. Entre le brouillard et la neige, on n'y voit pas grand-chose. En revanche, la chaussée est toute neuve. On dirait qu'elle vient juste d'être refaite.

Quelques kilomètres plus tard, nous roulons toujours sur la même route fraîchement bitumée, lorsque le GPS crachote :

– Dans 50 mètres, vous êtes arrivées à destination.

Arrivées à destination ? C'est impossible ! Elle est où la ville ? Pourquoi ne voyons-nous aucun panneau ? Non seulement nous sommes encore en plein milieu de la route, mais d'après ce que je devine à travers la brume, nous sommes même au cœur d'une sorte de désert.

Soudain, ma sœur pousse un cri en même temps qu'elle envoie un brusque coup de volant à gauche pour éviter un obstacle surgi du brouillard. Et quel obstacle ! Un frigo américain ! Oui, un frigo américain est planté au milieu de la route, à moitié écrabouillé dans le bitume. Dans un flash, j'ai eu le temps de voir les doubles portes et le distributeur à glaçons intégré.

Jeanne lâche un terrible juron et redonne un coup de volant, à droite cette fois, pour éviter la glissière de sécurité. Aussitôt, deux grands PLAF ! retentissent et le taxi se met à zigzaguer. Nous avons évité la collision, mais ma sœur est à deux doigts de perdre le contrôle du véhicule ! Par chance, nous arrivons justement à la hauteur d'une aire d'arrêt d'urgence. Jeanne s'y gare comme elle peut puis bondit hors du véhicule pour voir ce qui cloche.

Moi, tassée dans mon siège, j'ai le cœur qui fait des bonds. Elle est trop forte, ma sœur. Mais tout de même, on a failli percuter... un frigo américain...

Est-ce qu'un camion l'a perdu là, au milieu de la route ? Vu la façon dont il était planté dans le sol, je jurerais qu'il a été projeté. Qui s'amuse à lancer des frigos américains sur la chaussée ? Une route toute neuve, en plus !

Tandis que ma sœur inspecte le taxi, je regarde autour de nous. Au bord de la route, de l'autre côté du fossé, se dresse une palissade. Un panneau indique :

Propriété privée. Chantier Chaussetrappe
surveillé 24/24 par la société Hadès.

Au fond du fossé gadouilleux, je remarque des morceaux de ferraille acérés qui dépassent de partout. En regardant de plus près, je me rends compte qu'ils ont été plantés dans le sol à intervalles réguliers. Bizarre. On dirait que quelqu'un a rempli ce fossé de tout un tas de trucs coupants pour que les gens n'aient pas l'idée de le franchir.

Je suis sur le point de sortir de la voiture pour rejoindre Jeanne, qui examine les pneus avant, lorsqu'une voix flûtée s'élève dans l'habitacle :

– *Y a quelqu'un ? Je suis sur le parking ! Est-ce que quelqu'un peut ouvrir le coffre de la Pontiac bleue, s'il vous plait ?*

Je sursaute. La voix vient de la radio. Le problème, c'est que je n'ai pas allumé la radio. Elle s'est allumée toute seule... Impossible. La radio ne peut pas s'allumer toute seule. J'ai dû appuyer sur le bouton sans le faire exprès et je suis tombée sur une fiction radiophonique. J'éteins machinalement.

Ma sœur revient vers la voiture, oscillant entre colère et désespoir.

– Un frigo au milieu de la route ! On aurait pu se tuer ! Et le pire, c'est qu'on ne peut pas repartir. Les deux pneus avant ont éclaté quand j'ai donné un coup de volant. La poisse ! Faut appeler une dépanneuse.

À cet instant, à la radio, la voix reprend :

– *Quelqu'un pour ouvrir le coffre de la Pontiac bleue ? Personne ?*

Je rêve ou la radio vient de se rallumer toute seule ? Non, c'est impossible... Et pourtant, c'est bien ce qui vient de se passer. J'en reste bouche bée.

Jeanne ronchonne que ce n'est pas le moment d'écouter la radio et elle la coupe. Elle attrape ensuite son téléphone portable pour appeler à l'aide, mais il ne capte plus rien. Même le GPS a beugué. Et tout s'est éteint. Et pourtant, la radio fonctionne ?

– C'est pas vrai ! On est où, là ? On dirait que le GPS s'est déprogrammé !

– Comment ça, déprogrammé ? je demande.

– Je n'en sais rien. Je ne comprends pas où on est.

Je sors de la voiture. Autour de nous, le brouillard neigeux semble s'être épaissi. Nous sommes au milieu de nulle part, au cœur d'un enchevêtrement de routes et de terrains vagues. Exactement comme sur le plan qui est apparu à l'écran quand j'ai entré les coordonnées GPS apportées par Euclide.

Je ne comprends plus rien, moi non plus. Se pourrait-il que nous soyons arrivées à cette adresse, alors même que je l'ai effacée du GPS ? J'aurais fait une fausse manipulation ? Je sais me servir d'un GPS, pourtant...

Soudain, au fond de l'aire de secours, Jeanne aperçoit une forme orange perdue dans les branchages.

– Une borne de secours ! soupire-t-elle, soulagée.

Elle se dirige aussitôt vers la borne, ornée du numéro B56, et elle décroche le téléphone.

Au bout du fil, une voix blasée demande :

– Bonjour. Vous avez besoin d'assistance ?

– Je suis en panne, oui. Et je vous appelle de la borne B56.

– Borne B56 ? C'est noté, madame. Je vous envoie une dépanneuse.

Et ça raccroche.

– On n'a plus qu'à attendre, grommèle Jeanne en reprenant place dans le taxi.

Elle jette un œil à sa montre.

– Nous ne serons jamais à l'heure pour récupérer Dimitri, peste-t-elle.

Brutalement, le ciel, qui saupoudrait sagement ses flocons, se met en colère. Le vent souffle en rafales furieuses. La neige vire au blizzard. La tempête s'est levée aussi brutalement que si quelqu'un avait appuyé sur un bouton « on ».

– Quel temps, soupire ma sœur.

Et tout à coup, elle se frappe le front.

– J'ai oublié le triangle de sécurité !

Elle ouvre la portière et à cet instant, un bruit d'explosion retentit. Rien à voir avec le son d'un pneu qui explose, cette fois. On dirait plutôt le bruit d'un nez qui explose... Un éternuement ?

Ma sœur et moi, nous tendons l'oreille, pas certaines d'avoir correctement entendu, mais un redoutable *pooooooooêt* digne de figurer dans une symphonie pour moteurs de tracteur confirme notre première impression. Et ça vient du coffre.

Bravant la tempête, ma sœur ouvre le coffre du taxi et pousse un cri qui manque de faire exploser les deux derniers pneus intacts.

Firmin !

Firmin est lové dans le coffre. Il s'est installé une sorte de nid douillet composé de coussins et d'une couverture en pilou. Équipé d'une lampe frontale, son casque antibruit vissé sur les oreilles, un roman sur les genoux, il s'étire comme un chat. Les cahots du taxi ont dû le bercer, l'endormir et il vient de se réveiller.

– Firmin, qu'est-ce que tu fais là ?

Mon ami me jette un regard noir. Ensuite, il ôte son casque et commence à m'enguirlander :

– Je ne peux donc être tranquille nulle part ? Il faut vraiment que tu viennes me déranger partout, Rose ? Je te l'ai dit : je ne viens pas enquêter avec toi ! Dis-lui, toi, Jeanne, que c'est n'importe quoi !

Une fois sa tirade achevée, Firmin découvre avec stupeur que nous ne sommes plus à Paris et que le taxi n'est plus garé devant chez nous.

– Heu... Mince, je me suis endormi. On est où, là ?

Ma sœur éclate de colère.

– Qu'est-ce que tu fais dans ce coffre ? T'es complètement fou ! C'est hyper dangereux !

– J'étais sûr que Rose allait revenir me casser les oreilles avec sa mission de sauvetage ! Alors je me suis planqué ! se justifie Firmin, penaud. Je pensais pas que tu prendrais la route puisque c'est ton jour de repos.

– Et l'idée que je puisse me servir de mon taxi pour autre chose qu'une course ne t'a pas effleuré ? hurle Jeanne. Pour aller chercher ton frère, par exemple ! Et si on avait eu un accident ?

– Je croyais que Dimitri rentrait en car ! Et puis, de toute façon, je sais que ton coffre est blindé, réplique Firmin. Je ne suis pas complètement fou !

– C'est toi qui vas me rendre folle ! Sors immédiatement de ce coffre !

Firmin s'extirpe de sa planque en soupirant, abandonnant à regret son cartable, ses coussins et ses couvertures.

Une fois dehors, il jette un œil autour de lui.

– Laisse-moi deviner. Je parie que Rose a bidouillé le GPS pour que tu te retrouves malgré toi à l'endroit indiqué par Euclide...

Ma sœur fronce les sourcils. Elle examine les alentours. Enfin... ce que le brouillard lui laisse entrevoir.

– Rose, t'as pas fait ça ? T'as pas changé les coordonnées GPS sans me le dire ?

Je nie en bloc.

– Je n'ai pas touché au GPS, je le jure ! Il s'est déprogrammé tout seul !

– Déprogrammé ? hurle-t-elle.

Quand elle a découvert Firmin dans le coffre, elle était furieuse-inquiète. Là, elle est furieuse-folle-de-rage-furax-hors-d'elle. C'est la stricte vérité, pourtant ! Je n'ai rien bidouillé, mais tout parle contre moi. Et je dois reconnaitre que c'est troublant. Je ne comprends pas ce qui s'est produit, mais l'endroit semble effectivement correspondre aux coordonnées laissées par Euclide. J'ai beau clamer mon innocence, Jeanne ne me croit pas ! En plus, c'est précisément le moment que choisit Euclide pour venir se poser sur mon épaule. Ma sœur considère son roucoulement joyeux comme une preuve accablante de ma culpabilité.

Heureusement, si elle avait le projet de nous étriper tous les trois – Euclide, Firmin et moi –, il lui est impossible de le mettre à exécution, parce que deux ronds lumineux fendent le brouillard en même temps qu'un bruit de moteur retentit.

La dépanneuse !

3
Pièce de boucher ou soupe à la grimace ?

La dépanneuse se gare et un immense sourire se plaque sur le visage de ma sœur. Un sourire à faire fondre la neige et à passer tout de suite au printemps. Envolée, la mauvaise humeur !

– Regardez-moi cette beauté de bijou ! elle lance en voyant la dépanneuse.

Un bijou, ce tas de ferraille ? Moi, tout ce que je vois, c'est une dépanneuse brinquebalante qui date de l'époque des dinosaures. Elle a dû être bleue à une époque, mais la couleur est rongée par la rouille. Et le logo « Dépann'tout » fraîchement repeint sur les portières ne suffit pas à le dissimuler. C'est à se demander comment ce truc va pouvoir nous remorquer...

Si la dépanneuse est une pièce de collection, le dépanneur qui s'en extirpe est une pièce de boucher. Je veux dire, l'homme qui se plante devant nous a la carrure d'un bœuf. Il porte une doudoune orange sans manche « Dépann'tout », mais elle est trop étroite pour lui. La compagnie d'autoroute ne dispose probablement pas de veste à sa taille.

– Borne B56. C'est vous qui avez appelé ? demande le géant d'une voix grave.

– J'ai crevé, explique ma sœur. Les deux pneus avant d'un coup. Et vous savez pourquoi ?

Ma sœur s'emballe. Elle se plante sous le nez du dépanneur et râle :

– Il y avait un frigo au milieu de la route ! Un frigo, vous vous rendez compte ?

L'homme hausse les épaules, l'air de dire « Les gens, vous savez... ». À moins qu'il ne nous croie pas et qu'il nous prenne pour des fous.

– Faut le faire retirer, c'est dangereux ! insiste ma sœur. Quelqu'un aurait pu se tuer !

– Je vais m'en occuper, réplique l'homme d'un ton qui dit le contraire.

Malgré le froid mordant, l'homme ne grelotte pas. Nous, on est tellement gelés qu'on ne peut pas l'aider. De toute façon, il n'a pas besoin de nous. L'homme pousse le taxi jusqu'au crochet de son antiquité rien qu'à la force de son épaule. Ensuite, en des gestes sûrs et précis, il le fixe à l'arrière de la dépanneuse.

– Ouah ! fait Firmin malgré lui. Vous êtes fort, monsieur.

L'homme hausse une nouvelle fois les épaules. Dans la nuit qui tombe, je ne vois pas bien son visage, mais ses yeux sont si sombres que j'ai l'impression d'être observée par deux trous noirs prêts à me dévorer.

Quelques minutes plus tard, le taxi est calé à l'arrière de la dépanneuse Dépann'tout.

– On peut y aller, lâche l'homme.

Tout à coup, Firmin panique.

– Attendez ! Mon cartable ! Il est dans le coffre et...

– Tu le récupèreras plus tard, coupe le dépanneur.

Et déjà la porte de la vieille dépanneuse claque. L'employé de la société Dépann'tout s'est installé au volant et attend que nous prenions place à ses côtés.

Notre sauvetage aura été rapide. Quelques minutes seulement après l'arrivée de la dépanneuse, nous prenons la route en direction du garage. Ma sœur est ravie de faire un tour dans ce « bijou sur roues », mais c'est bien la seule : le véhicule est absolument inconfortable. Et comme, en plus, nous quittons la route toute neuve pour emprunter une bretelle de service moins bien entretenue, j'ai l'impression de voyager sur un coussin rempli de cailloux.

Après de nombreux virages, nous traversons une décharge à ordures pleine d'appareils électroménagers, canapés et autres gros encombrants. Le frigo américain aurait probablement dû terminer sa course ici, et non au milieu du bitume... Ensuite, nous longeons un chantier à l'abandon. Pelleteuses, bétonneuses et autres engins de chantier rouillent tranquillement au bord de tas de terre qui se couvrent doucement de neige.

Pas très accueillant...

Enfin, après un trajet qui semble avoir duré des siècles, nous débouchons sur une vaste aire de repos comme on en trouve au bord de toutes les autoroutes. Un restaurant et une station essence se dressent comme une forteresse au milieu du parking. Pour les automobilistes qui arriveraient dans l'autre sens, un pont réservé aux piétons enjambe la route et leur permet de rejoindre le restaurant. Impossible de le louper : une gigantesque enseigne lumineuse « AIRE DE CHAUSSETRAPPE » clignote sur le toit du restoroute et nimbe l'ensemble d'un halo bleuté.

Le garage est un peu à l'écart, de l'autre côté du parking, au bord d'une forêt. À peine sommes-nous garés que ma sœur met en garde le dépanneur.

– Je préfère réparer moi-même mon taxi, si ça ne vous ennuie pas.

Le géant hausse une nouvelle fois les épaules. À croire que c'est la seule réponse dont il soit capable.

Jeanne se tourne vers nous.

– Pendant que je change les pneus, allez m'attendre dans le restoroute, les enfants. Buvez un chocolat chaud pour vous réchauffer, je n'en ai pas pour longtemps.

Firmin et moi, nous traversons le parking pour rejoindre le restaurant qui nous attire comme une oasis de lumière au milieu de l'hiver et de la nuit. Le bâtiment circulaire s'élève sur trois étages.

Le lieu a dû faire hôtel il y a quelques années, comme en témoigne une vieille enseigne éteinte. Mais les étages semblent à l'abandon. Seul le rez-de-chaussée, composé d'une grande baie vitrée au travers de laquelle on devine des tables et des chaises, est éclairé.

Comme nous approchons du restoroute, je remarque qu'Euclide est posé sur la rampe du perron. Je lui fais un petit signe de la main. Il roucoule comme pour me féliciter. J'ignore comment c'est arrivé, mais j'ai maintenant la certitude que nous sommes sur les lieux définis par les coordonnées GPS apportées par le pigeon. Je suis très étonnée, et moyennement rassurée, mais je me souris à moi-même. J'aurais voulu organiser ça que jamais je n'y serais parvenue ! Je me demande bien ce qui se trame dans ce lieu délabré.

– Compte pas sur moi pour fouiner, grogne Firmin qui a deviné mon intention.

– Je ne fouine pas. J'observe et j'enquête, c'est très différent.

4
Ça se mange, les plantes en plastique ?

Sur la porte du restoroute, de vieux autocollants décolorés annoncent que l'établissement a obtenu deux fourchettes au *Michelin des routiers* en 1967, 1973 et 1987. Autant dire il y a un siècle.

Je pousse la porte et nous tombons sur une salle de restaurant circulaire dont les baies vitrées ouvrent sur le parking. De faux palmiers en plastique décorent les lieux et le tout baigne dans une lumière blafarde de vieux néons. Sur les murs, il reste quelques décorations de Noël défraîchies. C'est pas la grosse ambiance.

Derrière un comptoir, une grande femme aux longs cheveux blonds a l'air de s'ennuyer ferme. Elle tricote négligemment une écharpe rouge qui mesure au moins trois mètres et qui tombe jusque dans le panier d'un chien, un lévrier noir qui somnole. À côté d'elle, une jeune femme essuie des verres avec des gestes maladroits. Elles portent toutes les deux un uniforme « Restoroute des vacances » très délavé sur lequel un badge indique « Valentine » pour la jeune fille et « Mel » pour la tricoteuse.

Comme nous approchons, la serveuse cesse d'essuyer le verre qu'elle tenait. Sa patronne se fige, interrompant le point qu'elle formait avec ses aiguilles et elle nous fixe d'un regard si bleu qu'il en est presque irréel. Sa bouche se tord en un rictus et elle lance :

– Vous êtes tout seuls, les enfants ? Vos parents vous ont abandonnés ?

La plaisanterie la fait éclater de rire. La serveuse se marre, elle aussi, et il me semble que même le chien ricane. Leurs gloussements attirent l'attention de la poignée de clients attablés qui mangeaient mécaniquement, le regard dans le vide.

– On attend ma sœur, elle répare son taxi, j'explique.

– Il va falloir consommer, réplique la boss. Je fais pas garderie, moi.

Je sens que Firmin n'est pas à l'aise à cause du lévrier. Les chiens font partie des milliards de trucs dont il a peur. Aussi, je commande sans tarder :

– On prendra deux chocolats chauds, s'il vous plait.

La patronne claque des doigts à l'attention de Valentine.

– Envoie deux chocolats !

Il y a quelque chose de trainant dans sa voix, mais elle a le regard vif d'une vipère. Valentine hoche la tête timidement puis, sans un sourire, avec des gestes malhabiles, elle se bat contre la machine pour lui soutirer deux chocolats chauds. Elle les pose ensuite laborieusement sur un plateau qu'elle nous tend, non sans l'avoir fait beaucoup tanguer.

Firmin et moi traversons la salle avec notre plateau et nous nous installons à une table le long des baies vitrées, face au parking. Dehors, il neige de plus en plus. La nuit est si dense que les lampadaires peinent à éclairer le bitume. Le lieu reste obstinément désert et seuls les *tictictic* des aiguilles à tricoter de la patronne et le *gling-gling* de ses bracelets brisent le silence. Je lui jette un coup d'œil. Elle tricote avec la dextérité d'une araignée et j'ai comme l'impression qu'elle nous surveille.

J'ouvre la bouche pour partager mes impressions, mais Firmin, toujours bougon, déjoue d'avance mes conclusions :

– Non, la patronne n'est pas bizarre. Elle est juste désagréable. Et ne la regarde pas comme ça ! C'est malpoli.

– Mouais. J'ai plutôt l'impression que c'est elle qui nous regarde, comme tout le monde dans ce restaurant...

– Oui, tout le monde nous regarde. Parce que nous sommes deux enfants seuls dans un restoroute, et ce n'est pas commun.

Je me plonge dans la dégustation de mon chocolat chaud lorsqu'un drôle de bruit venant de l'extérieur attire mon attention. On dirait des cris d'animaux. Je lève les yeux. Je ne comprends pas immédiatement ce que je vois... Je veux dire... Je vois bien qu'un troupeau de chèvres traverse le parking. Mais je dois rêver, ce n'est pas possible. Il ne peut pas y avoir de chèvres sur un parking d'autoroute. Et pourtant, si... Ce sont bien des chèvres.

Firmin lève la tête à son tour. Cette fois, monsieur Rien-n'est-bizarre-Rose-lâche-l'affaire est bien obligé d'avouer qu'il est étonné... D'autant que le troupeau se précipite dans notre direction. Les chèvres posent leurs pattes avant face à nous, de l'autre côté de la vitre, et se massent à notre hauteur, comme si elles étaient aussi surprises de voir des enfants que nous des caprins.

Le troupeau est immense. Il est composé d'une trentaine de bêtes, au moins : des brunes, des blanches, des noires, des tachetées. Il y a même des chevreaux très mignons qui arrachent un sourire à Firmin.

– Qu'est-ce qu'elles font là, sur le bord de l'autoroute ? je demande.

– Derrière la route, c'est la campagne. Il y a probablement un pré dans les parages. À moins qu'elles ne fassent office de tondeuses à gazon... enfin quand il y a de l'herbe.

– Les pauvres, elles doivent geler !

– Ce sont des chèvres angoras, observe Firmin. Tu sais, cette espèce dont la laine permet de tricoter des pulls ultra-chauds. À mon avis, c'est presque l'été pour elles.

Quelques secondes plus tard, un jeune homme arrive en courant. J'imagine que c'est le chevrier, car il disperse les chèvres, qui commençaient à manger le caoutchouc d'un vieux pneu abandonné. Le garçon nous adresse un petit signe de la main et rejoint ses animaux, qui se sont regroupés sur un carré d'herbe à quelques pas du restaurant.

L'instant d'après, le restoroute a retrouvé ses allures de lieu de passage anonyme et sans âme.

En attendant que Jeanne revienne, j'ai bien l'intention d'explorer cet endroit : si l'appel à l'aide vient d'ici, je veux découvrir ce qui se passe.

– Je vais aux toilettes, j'annonce.

Mon pote, pas dupe, me jette un regard entendu puis se replonge dans la contemplation du parking.

– Première porte à droite, les toilettes ! me jette la patronne sans lâcher ses aiguilles.

Je la remercie et m'engouffre dans le couloir. Sur la dernière porte, j'aperçois un écriteau « Privé ». Beaucoup plus intéressant que la première porte à droite... Impossible d'y résister ! Je me dirige vers le fond du corridor et je pousse cette porte, juste pour voir. Par chance, elle est ouverte.

Malgré l'obscurité, je devine des casiers. Un vestiaire... Les employés doivent sûrement se changer ici. À part l'odeur de vieille chaussette, la pièce n'a rien à signaler. En revanche, un rai de lumière attire mon attention. Il y a une autre porte au fond du vestiaire ! Je me faufile jusqu'à elle, je l'ouvre et glisse un œil dans l'entrebâillement. Ouah ! Le vestiaire donne sur une salle étonnante, un genre de salon digne d'un manoir ! Rien à voir avec les plantes en plastique et les fades guirlandes du restaurant. Ici, un feu brûle dans une élégante cheminée de marbre deux fois plus grande que moi. Les murs sont décorés de trophées de chasse : sangliers, biches, loups et même un ours ! Mais le plus impressionnant, c'est la gigantesque bibliothèque qui couvre tout le mur de droite.

Je m'apprête à entrer dans la pièce lorsque, derrière moi, un grognement me fait sursauter. Je me retourne. Le lévrier noir qui dormait aux pieds de la patronne m'a suivie. Et il grogne. Dans l'obscurité, ses yeux brillent d'un étrange éclat. Agile comme un souffle, il me contourne et se poste sur le seuil de la pièce pour m'empêcher d'y entrer. Ensuite, il gronde, prêt à me mordre.

Intimidée, je recule.

– Ok ok, je m'en vais !

Je regagne la salle de restaurant au pas de course, impatiente de partager ma découverte avec Firmin. Mais, comme je reprends ma place en essayant de paraitre naturelle, il me lance :

– Je ne veux pas savoir ce que t'as trouvé, Rose.

Je lui dis quand même, parce que c'est trop énorme.

– Il y a une arrière-salle digne d'un château.

Firmin hausse les épaules.

– Si le personnel habite là, normal qu'il s'installe un coin confortable.

Et il se bouche les oreilles pour ne pas entendre la suite !

– Il y a même une bibliothèque, Firmin !

J'ai élevé la voix pour qu'il entende, mais je regrette, car à présent, tout le monde me regarde.

Firmin, lui, éclate de rire.

– Très drôle, Rose. Bien tenté, le coup de la bibliothèque !

Je fais mine de plonger le nez dans mon chocolat, terminé depuis longtemps. En réalité, j'observe la patronne. Elle tricote toujours et, maintenant que je la regarde avec attention, je remarque qu'à chacun de ses mouvements, ses bracelets et ses bagues lancent des éclats chatoyants. La beauté des pierres contraste singulièrement avec son uniforme abîmé. Même ses aiguilles à tricoter semblent fabriquées dans une matière précieuse qui scintille sous les néons.

– Tu crois que ses bijoux sont des vrais ? je demande.

Firmin me sourit comme si j'étais une chèvre.

– Je m'en fiche, Rose.

Je m'apprête à protester, mais un coup de Klaxon m'interrompt. C'est Jeanne ! Elle gare son taxi sous la baie vitrée en nous faisant un grand coucou.

– Yes ! crie Firmin. On s'en va ! J'espère que personne n'a touché à mon cartable.

Je lève les yeux au ciel.

– Comme si ton cartable pouvait intéresser quelqu'un !

Mais déjà il se dirige vers la sortie.

Au moment où Jeanne pousse la porte du restaurant, trois chèvres – une mère et deux petits – se glissent à l'intérieur. Aussitôt, les trois animaux foncent vers Firmin et moi pour quémander des caresses. Quelques clients se sont levés pour voir les chèvres. Les autres se tordent le cou pour les regarder, amusés.

Firmin et moi jouons avec les chevreaux lorsque la patronne, qui avait quitté son poste quelques instants pour fermer la cuisine, revient.

Face aux chèvres, elle s'étrangle.

– Hadès ! Fous-moi ça dehors ! glapit-elle à son lévrier.

Aussitôt, le chien noir – Hadès, donc, celui qui m'a chassée de la pièce secrète – se lève et grogne à l'intention des visiteuses à cornes. Très effrayées, les chèvres se carapatent, mais au lieu de prendre la direction de la sortie, elles traversent le restaurant en renversant tables, chaises et plantes en plastique sur leur passage.

Le spectacle est interrompu par l'arrivée du jeune homme qui accompagnait les chèvres. Il entre précipitamment dans le restoroute, complètement paniqué.

Tout en s'excusant platement auprès de la tricoteuse en chef, il attrape la grande chèvre par les cornes et la tire vers l'extérieur. Les deux chevreaux suivent leur mère et bientôt, tout le monde est dehors. Valentine se précipite pour réparer les dégâts, serpillière à la main. Quant à la boss, qui n'était déjà pas commode, elle vire exécrable.

– C'est 4 euros, elle aboie à ma sœur.

Pendant que Jeanne fouille dans son porte-monnaie, j'observe la patronne à la dérobée, mais elle me grille. Elle pointe ses aiguilles à tricoter dans ma direction.

– Tu veux mon portrait, toi ?

Je ne moufte pas. Mais j'ai eu le temps de remarquer que son visage est curieux, on dirait qu'elle porte un masque de cire. Et je jurerais qu'au moment où elle a dirigé ses aiguilles vers moi, j'ai senti comme une décharge électrique passer dans mon corps. Un frisson de trouille me parcourt. Quelque chose ne tourne pas rond avec cette femme, c'est certain.

Nous nous apprêtons à quitter le restaurant, lorsque deux motards de la police déboulent. Leurs bottes et uniformes sont couverts de neige, ils sont trempés et semblent éreintés.

– Il manquait plus qu'eux, glapit la patronne. Après les chèvres, les poulets... Qu'est-ce qui vous amène, messieurs de la maréchaussée ?

Les deux hommes font mine de ne pas avoir entendu et ils s'adressent à la poignée de clients présents dans la grande salle.

– Un poids lourd s'est couché en travers de la route au kilomètre 175. Et un pont s'est effondré au kilomètre 128. Avec la tempête, la route ne sera pas déblayée avant demain.

L'un des policiers se tourne vers la patronne, qui grattouille la tête d'Hadès.

– Madame, auriez-vous la possibilité de loger ces gens ?

– Je ne suis pas une auberge ! réplique-t-elle. L'hôtel n'est plus en service depuis des années.

Le policier insiste.

– En réalité, madame, ce n'est pas une faveur que je vous demande. C'est un ordre. Il en va de leur sécurité.

Quoi ? Passer la nuit ici ? Moi, j'avoue que l'idée me plait. Je suis bien la seule. Les autres automobilistes secouent la tête, contrariés. Ma sœur grimace, elle aussi.

– On a quelqu'un à aller chercher ! elle explique au motard. On doit repartir !

– Je comprends bien, mademoiselle, mais nous traversons un épisode blizzartique. La route est coupée. Si vous partiez maintenant, vous seriez contraints de passer la nuit dans votre voiture. Mais, rassurez-vous, dès demain, tout sera rentré dans l'ordre.

– Un épisode *blizzartique* ? peste Firmin à haute voix.

Mon ami n'aime pas dormir loin de chez lui, mais il apprécie encore moins les créations linguistiques hasardeuses.

Les policiers insistent et la patronne finit par capituler.

– Ok ok ! Je les héberge. Mais je vous préviens, les cuisines sont fermées !

Elle désigne un distributeur dans un coin de la salle.

– Si vous voulez manger, ce sera un sandwich à la machine.

– Eh bien voilà, c'est tout ce qu'on voulait entendre, lâche l'un des policiers.

Une fois les deux hommes repartis, une rumeur s'élève dans le restoroute. Chacun commente l'épisode *blizzartique*, comme a dit le motard. Personne n'est ravi de rester pour la nuit, mais chacun convient qu'il fait meilleur ici que dehors.

Firmin, Jeanne et moi nous plantons devant le distributeur rouge. Les sandwichs ont l'air de dater d'il y a mille ans. Nous optons donc pour des chips que nous grignotons près de la fenêtre.

Jeanne soupire :

– Pauvre Dimitri, il va devoir rentrer en bus.

Comme nous terminons nos chips, la patronne pose trois mugs devant nous. Elle y verse de la tisane et se fend d'un sourire forcé.

– Offert par la maison ! Après tout faut bien s'entraider, puisque le climat se déchaîne.

Tandis qu'elle s'éloigne pour servir les autres tables, Firmin et moi grimaçons. Le fumet qui s'échappe du breuvage est proprement dégoûtant. Ça sent l'herbe moisie. Hors de question de boire ce truc. D'un geste discret, Firmin verse le contenu de sa tisane dans le bac d'un palmier en plastique. Bien joué ! Je fais la même chose. Ma sœur, elle, boit la tisane de bon cœur. Elle affirme que la boisson la réchauffe.

Il parait que les goûts évoluent quand on devient adulte... Eh bien si devenir adulte, c'est apprécier une tisane au moisi, j'aime autant rester enfant...

Un peu plus tard dans la soirée, la patronne attribue une chambre à chacun et nous montons au premier étage du restoroute pour nous installer dans la nôtre. Les chambres n'ont plus servi depuis au moins cinquante ans et une odeur de poussière me prend à la gorge. Quant aux draps, ils ont l'air aussi confortables que des paillassons.

Pas gênée par la vétusté des lieux, ma sœur s'allonge sur un des lits.

– Je suis épuisée, moi, soupire-t-elle en bâillant.

Je m'installe, moi aussi, mais je n'ai aucune intention de dormir. Sur le troisième lit, Firmin est étrangement calme. Lui qui déteste dormir ailleurs que chez lui, je le trouve bien serein.

– Tout va bien, Firmin ? Parce que d'habitude...

– Tout va bien, Rose, il me coupe. Bonne nuit.

Et il éteint la lampe.

Ma sœur a sombré comme une masse. À présent, elle ronfle comme un tracteur, mais j'attends quelques minutes pour quitter la chambre et mener mon enquête.

Au moment de me lever, j'appelle Firmin au cas où il aurait changé d'avis, mais il ne me répond pas. Il dort déjà, lui aussi ? Tant pis ! J'irai seule.

Je quitte la chambre à pas de chevreau.

Je trouverai ce que cache ce restoroute !

5
C'est confortable, une couette en mohair ?

Tout est silencieux. Je descends les escaliers pour regagner la salle de restaurant, mais une fois au bas des marches, je constate que je ne suis pas seule. Valentine est installée derrière le comptoir. Affalée sur le zinc, elle somnole devant un minuscule écran de télévision.

Postée sur la première marche, je cherche comment traverser la salle discrètement, histoire de rejoindre le mystérieux salon sans me faire repérer. Tout à coup, le téléphone sonne à côté de la réceptionniste. Il faut quatre sonneries à Valentine pour se réveiller. À la cinquième, elle se précipite sur l'appareil.

– Dépann'tout 24 h /24 bonsoir. Vous êtes en panne ? Borne B56 ? Je vous envoie quelqu'un.

La borne B56 ? Quelqu'un vient de tomber en panne pile au même endroit que nous ? Quelque chose me dit que le frigo n'a pas été enlevé...

Valentine raccroche, puis compose un numéro.

– Sire Chaussetrappe ?... C'est Alix. Désolée de vous réveiller en pleine nuit, mais... Oui, quelqu'un est à la borne.

Alix ? La serveuse ne s'appelle pas Valentine ? L'uniforme qu'elle porte n'est donc pas le sien ? Et ce sire Chaussetrappe, qui est-ce ? Pourquoi porte-t-il le même nom que celui de l'aire d'autoroute ?

Quelques instants plus tard, un homme sort du vestiaire et fait son entrée dans la salle. L'homme est un peu ensommeillé, mais je reconnais immédiatement notre dépanneur dans sa tenue « Dépann'tout » trop étroite. C'est lui sire Chaussetrappe, notre dépanneur ?

Lorsqu'il passe devant le comptoir, Valentine-Alix lui jette d'un ton inquiet :

– C'est le dernier, n'est-ce pas ? Cette nuit, on aura le compte !

Sire Chaussetrappe lui adresse un sourire froid.

– C'est le dernier, Alix. On est sauvés !

– Bonne chance, murmure-t-elle.

Et sire Chaussetrappe quitte le restaurant.

D'accord, il vient d'être réveillé au milieu de la nuit, mais, tout de même, pourquoi cet air glacial ? Il donne la chair de poule... Et puis, c'est quoi, cette histoire de compte ?... Est-il possible qu'ils aient un quota de gens à dépanner ?

Dès que sire Chaussetrappe a passé la porte, Valentine se réinstalle derrière l'écran et, rapidement, elle retombe en état de somnolence. J'en profite pour quitter ma cachette et foncer jusqu'au vestiaire. La porte est ouverte et, comme tout à l'heure, j'aperçois de la lumière du côté du salon.

Au moment d'entrer dans l'étrange salle secrète, je me fais plus légère qu'une ombre. À première vue, la pièce est vide. Le feu, qui brûle toujours dans l'immense cheminée, éclaire la pièce d'une lueur rougeâtre. Je remarque alors qu'aucun combustible n'alimente ce feu : on dirait que les flammes sortent directement du centre de la Terre ! Je n'ai jamais vu ça, et c'est flippant.

Comme je m'avance pour explorer la pièce, mon regard est attiré par deux immenses portraits accrochés côte à côte. Le premier représente une dame aux allures de reine, qui tient une chèvre dans les bras. *Dame Aliénor de Chaussetrappe*, annonce le titre gravé dans le cadre. Le second tableau représente un homme armé d'une hache : *Sire Renaud de Chaussetrappe*. J'ignore à quelle époque les portraits ont été peints, mais ces deux-là font froid dans le dos, avec leur sourire cruel. Je m'approche. C'est drôle, les deux époux ont un air de famille avec les tenanciers du lieu. La patronne et le dépanneur seraient-ils les descendants de ces deux inquiétants personnages ?

J'en suis là de mon exploration lorsqu'un léger sifflement me fait sursauter. Je me planque et j'aperçois alors un immense fauteuil de velours noir. Le bruit vient de là. Quelqu'un y est assis depuis le début ?

Mon cœur s'emballe. Mince. Je ne suis pas seule...

Pas très rassurée, j'attrape un énorme volume de dictionnaire dans la bibliothèque. Je n'ouvre pas souvent le dictionnaire, mais je suis certaine que ce gros pavé fera une excellente arme...

– Rose Asphalte, lâche ce volume que tu tiens entre les mains, ordonne une voix sépulcrale.

Je me fige de trouille. Le volume que je portais à bout de bras m'échappe et tombe au sol dans un gros *PLAF* !

– Heu... Qui êtes-vous ? Vous... vous connaissez mon nom ?

– Ton incurable bêtise est fameuse jusque dans l'au-delà, fillette ! Je suis un esprit supérieur et tu vas m'obéir sans quoi... aaaaaatchoum !

– Firmin ?

Je me plante devant le fauteuil. Une forme planquée sous une couverture se bidonne. Un second éternuement me confirme que le spectre n'est autre que Firmin. Il a fait mine de ne pas me croire, pour la bibliothèque, mais ensuite, il n'a pas pu s'empêcher de vérifier par lui-même.

Quand il comprend que je l'ai démasqué, Firmin sort la tête et éclate de rire.

– Avoue que t'y as cru !

– Avoue que tout est bizarre !

– Toi, tu vois une bibliothèque et ça y est, tu trouves ça bizarre ?!

– Arrête Firmin, je dis en pointant les portraits.

– Ok ok, j'avoue. C'est curieux. D'autant que les livres contenus dans cette bibliothèque sont en ancien français. Pas exactement la littérature que l'on trouve habituellement dans un restoroute...

Je lui raconte la scène à laquelle j'ai assisté.

– Valentine s'appelle Alix et le dépanneur est un seigneur. Il porte le même nom que le géant flippant représenté sur ce tableau. Et apparemment, ils ont un quota d'accidentés à sauver...

À cet instant, un drôle de bruit nous parvient. On dirait un enfant qui pleure. Nous n'en sommes plus à nous faire des farces, Firmin et moi. Terrifiés, nous nous planquons tous les deux derrière le fauteuil, chacun armé d'une encyclopédie.

Nous retenons notre souffle. Quelqu'un approche à pas légers. Quelqu'un ou quelque chose ? Un fantôme ? Un ectoplasme ? Un esprit vengeur ? Soudain, tout me semble possible.

Les pas sont de plus en plus proches. La créature vient d'entrer dans la bibliothèque, mais je ne la vois pas. Firmin et moi, nous sommes recroquevillés l'un contre l'autre, prêts à bondir.

Tout à coup, je sens quelque chose contre mon cou. J'étouffe un cri de panique, mais Firmin jette :

– Un chevreau !

Je me retourne. C'est bien un chevreau qui vient de nous filer les pétoches. Et il a lui-même l'air terrifié. Dès qu'il nous voit, il se colle à nous.

– Le pauvre, souffle Firmin. Il a dû entrer tout à l'heure et il s'est perdu !

– Il faut le rapporter à sa maman, je dis.

– Tu veux dire, dehors ? demande Firmin.

– Évidemment, dehors. Il faut qu'on trouve la chèvrerie. Elle ne doit pas être loin.

Firmin reprend son livre et se cale dans le fauteuil.

– Compte pas sur moi pour t'accompagner. Il fait trop nuit.

Sauf qu'à cet instant, Hadès se pointe. Il s'assoit devant la cheminée, face à nous. Et dans la lueur des flammes, le lévrier a soudain l'air d'un molosse infernal. Firmin remballe illico le livre, qu'il glisse dans la poche de son manteau.

– Finalement, je t'accompagne.

À l'accueil, Valentine somnole toujours devant son téléfilm. On se fait tout petits, et on trace ! La serveuse ne voit pas les deux enfants, un chevreau dans les bras, qui passent ventre à terre en direction de la sortie.

Dehors, il neige toujours. Le chevreau grelotte. Je le porte dans mes bras, mais il est terrifié en plus d'être frigorifié. Firmin frissonne. Il est frigorifié en plus d'être terrifié, mais je ne peux pas non plus porter tout le monde. Et puis, moi-même, je suis loin d'être rassurée. Il fait nuit noire et il me semble soudain que nous sommes seuls au monde.

Un roucoulement familier nous parvient. Euclide est là, perché sur une voiture recouverte de neige. Ce n'est qu'un pigeon, mais sa présence me réconforte.

D'un coup d'aile, il s'élance dans la nuit en direction du pont qui enjambe la route. Nous le suivons et, de l'autre côté, nous découvrons un bâtiment de tôle, juste à la lisière d'une forêt. Les bêlements qui en sortent nous indiquent que nous sommes au bon endroit...

– Merci, Euclide ! je lance avant de pousser la porte.

À l'intérieur de la chèvrerie, nous sommes accueillis par un joyeux concert de bêêê bêêê bêêê. Je pose le chevreau à terre, et il rejoint sa mère en deux bonds. À présent, les caprins nous entourent. Il fait bon, ici – les animaux chauffent la pièce –, mais nous ne traînons pas. Nous avons une enquête à mener et il est évident qu'aucun prisonnier n'est retenu dans cet endroit.

Nous rebroussons chemin, mais comme nous regagnons le restoroute, nous constatons avec horreur que la porte est fermée. Le géant a dû rentrer de son dépannage, et il a baissé le rideau de fer. Personnellement, je n'ai pas très envie de réveiller les propriétaires, mais si nous restons dehors, nous allons mourir congelés...

– Et si on allait dormir avec les chèvres ? propose Firmin.

– Avec les chèvres ?

– Ben oui, ça caille là, non ? Et il faisait bon, dans la chèvrerie.

Je suis un peu étonnée par la proposition de Firmin : le camping à la ferme, ce n'est pas son genre. Mais sans attendre ma réponse, il fait demi-tour.

De retour dans la chèvrerie, nous nous blottissons contre les chèvres, et elles se placent en cercle autour de nous, comme si elles avaient compris que nous comptions sur elles pour nous réchauffer.

À peine installé, Firmin allume la lampe frontale qu'il garde toujours dans sa poche et sort le livre qu'il a emporté. Je comprends mieux... Firmin déteste dormir ailleurs que dans son lit, mais il peut lire n'importe où, dans n'importe quelle condition, et il en oublie alors l'endroit où il se trouve.

Il en oublie l'odeur, aussi, on dirait... Parce que les chèvres angoras, c'est confortable, mais ça sent fort...

6
T'as déjà croisé une vraie châtelaine ?

Je suis tirée du sommeil par le jour. Mince, s'il fait jour c'est qu'il est déjà tard. Jeanne doit être levée et elle doit s'inquiéter ! À quelques pas de moi, Firmin roupille au milieu des chèvres, son livre entre les mains.

Je le secoue et il se réveille en sursaut.

– Il est quelle heure ? On est en retard à l'école ? J'ai loupé le bus ?

Du Firmin tout craché.

Ensuite, il ouvre mieux les yeux et se souvient qu'il est au milieu des chèvres. Il s'étire puis, ravi, feuillette son vieux bouquin.

– Je l'ai pas terminé. Je vais demander à la dame du resto si elle peut me le prêter.

Nous sortons du hangar à chèvres. Dehors, il fait aussi chaud qu'à l'intérieur d'une chambre froide. Le troupeau nous accompagne, mais les bêtes sont très agitées : elles nous donnent des coups de tête, comme si elles essayaient de nous dire quelque chose ou de nous repousser dans le hangar. Un bouc est particulièrement belliqueux. Bizarre, je jurerais qu'il n'était pas là hier soir, lui.

Comme nous traversons le pont qui enjambe la route, l'aire de repos nous apparait au grand jour. Hier, dans l'obscurité, les néons donnaient aux bâtiments un aspect clinquant. En réalité, la station essence tombe en ruine et le garage est miteux. Seul le restoroute tient debout.

En revanche, ce matin, il y a du monde sur le parking. Un petit groupe de gens habillés étrangement est en pleine discussion. Ils portent de gros manteaux de fourrure comme si nous étions en Sibérie, des bottes de cuir et des tenues bigarrées tout à fait démodées. Je n'entends pas ce qu'ils disent, mais je jurerais qu'ils se disputent.

Soudain, j'aperçois le lévrier noir. Il est collé à une des femmes du groupe. Et alors, je la reconnais ! Cette femme au manteau d'hermine et à l'écharpe rouge, c'est la patronne du restoroute ! Ses longs cheveux blonds sont coiffés en un chignon retenu par deux aiguilles à tricoter qui scintillent comme des pierres précieuses. Elle a des allures de reine, exactement comme dame Aliénor de Chaussetrappe, sur le tableau ! La patronne, visiblement mécontente, fait de grands gestes et invective les chèvres qui lui tournent autour. Elle a joué la comédie à propos des chèvres, hier : ce sont les siennes.

Mon regard quitte dame Chaussetrappe et je reconnais aussitôt sire Chaussetrappe. Le géant qui conduisait la dépanneuse porte un pull en cotte de mailles sous son manteau de fourrure et une hache est accrochée à sa ceinture.

Tout à coup, je m'étrangle :

– Les deux policiers ! Qu'est-ce qu'ils font ici ? Et pourquoi ont-ils changé leur uniforme contre une parure de troubadours ? Et les clients ! Ils sont là, eux aussi ?

– Pourquoi sont-ils tous déguisés à la mode du Moyen Âge ? murmure Firmin. Est-ce que c'est une reconstitution médiévale ? Ou alors, un film ?

– Mais je ne vois aucune caméra... Et ils ont tous l'air furax.

Instinctivement, Firmin et moi nous sommes planqués derrière une fourgonnette.

Firmin commence à flipper.

– À tous les coups, elle s'est rendu compte que j'ai pris son livre... Et elle est furieuse parce que je ne lui ai pas demandé l'autorisation de l'emprunter.

– Franchement Firmin, je pense qu'ils s'en fichent, du livre...

Je remarque alors que le véhicule derrière lequel nous nous sommes cachés est une fourgonnette de police. Je repense aux uniformes de la veille. Comment se les sont-ils procurés ? Et où sont passés les vrais policiers qui occupaient cette fourgonnette ?

Soudain, une angoisse me serre la poitrine.

– Jeanne. Où est Jeanne ?

Au même instant, le lévrier se met à grogner. Il vient de nous flairer et le fait comprendre à ses maîtres. Le géant à la hache tourne la tête et nous voit.

– Ils sont là ! hurle-t-il.

– T'as raison, bafouille Firmin. Ce n'est pas le livre, qu'ils cherchent. C'est nous !

Ensuite, tout se passe très vite. Et très mal. Nous prenons la fuite, Firmin et moi, mais dame Chaussetrappe jette une phrase dans une langue inconnue et, aussitôt, les chèvres se lancent à nos trousses comme un essaim d'abeilles. Les caprins, qui se sont montrés si doux, sont maintenant sauvages et agressifs. En un clin d'œil, ils nous encerclent et nous forcent à avancer en direction du restoroute. Malgré nous, poussés par la meute de chèvres, nous rejoignons dame Chaussetrappe et les habitants de l'aire de repos.

– Emmenez-les, ordonne-t-elle. Servez-leur une tisane et assurez-vous qu'ils la boivent, cette fois !

Jeanne a bu la tisane, hier, et pas nous. C'est pour ça qu'elle s'est endormie comme une masse ! Et ensuite, que s'est-il passé pour elle ?

– Jeanne ! À l'aide ! hurle Firmin.

– Où est ma sœur ? je demande.

– T'inquiète pas. Tu vas la rejoindre ! ricane un homme vêtu comme un garde.

Il nous saisit alors chacun par le poignet et nous emmène à l'intérieur du bâtiment. Là, il nous traine dans l'escalier qui mène à l'étage, puis jusqu'à la porte de la chambre dans laquelle nous aurions dû dormir. La pièce est vide. Mon cœur se serre. Où est Jeanne ? Et nous, qu'allons-nous devenir ?

Au moment où l'homme s'apprête à nous enfermer dans la chambre, une chèvre blanche, mouchetée de noir, surgit du bout du couloir. Je ne sais pas ce qu'elle fabrique à l'étage, mais elle a échappé à l'envoûtement de dame Chaussetrappe et elle a l'air d'en vouloir personnellement au sbire : sans crier gare, elle charge et – PAF ! – l'homme valdingue et tombe à terre, assommé.

Firmin et moi remercions la chèvre, mais elle s'éloigne en trottinant.

Le temps presse. Nous tirons le garde jusque dans la chambre et fermons la porte. Il va probablement se réveiller bientôt, mais, avant qu'il ne donne l'alerte, nous explorons l'étage dans l'espoir de retrouver Jeanne. Si la tisane contenait un somnifère, elle est probablement endormie quelque part. Au bout du couloir, nous tombons sur une pièce qui nous coupe le souffle. Nous ne trouvons ni Jeanne ni aucun prisonnier, mais des armes... Des armes moyenâgeuses : casques, hallebardes, armures, arcs, arbalètes...

Firmin et moi restons bouche bée devant les rangées de lances lorsque, tout à coup, un grand fracas fait trembler les vitres. Une rumeur monte à l'extérieur, comme si une foule approchait. Ensuite, un signal d'alarme semblable à une alarme à incendie se déclenche dans le restoroute. Derrière nous, un volet roulant en métal se ferme automatiquement sur la fenêtre.

Et puis, c'est la pagaille. Des gens courent dans les étages. Ils viennent par ici !

Firmin et moi avons juste le temps de nous planquer derrière un rideau. Heureusement, car tous les gens que nous avons vus sur le parking déboulent dans la pièce ! Nous reconnaissons Valentine-Alix, le chevrier, les deux faux policiers et ceux que nous avons pris pour des clients, hier. D'autres personnes les accompagnent. Je ne sais pas d'où ils sortent, mais ils sont cinquante, au moins, à saisir les armures pour s'en revêtir.

À l'extérieur, la rumeur se précise. Une pluie de projectiles semble frapper le rideau de fer qui protège la fenêtre. Que se passe-t-il exactement ?

Une fois que tout le monde s'est équipé, nous quittons notre cachette. Pour Firmin et moi, c'est l'aubaine : si nous enfilons une armure nous aussi, nous passerons inaperçus. Alors, nous pourrons fouiller le restoroute pour retrouver Jeanne.

Un casque et un plastron plus tard, nous sortons de la pièce, méconnaissables. Nous nous apprêtons à descendre dans le hall lorsque le chevrier surgit. Je le reconnais à sa silhouette, mais pour le reste, il est méconnaissable. Envolé, le garçon timide de la veille. Habillé en soldat, il a l'assurance et la gouaille du chef de guerre. Il jouait bien la comédie, lui aussi...

Dès qu'il nous voit, il aboie :

– Qu'est-ce que vous faites là, vous deux ?! Vous trainez en bas alors que tout le monde se bat sur le toit ?! J'en informerai dame Chaussetrappe !

Cafteur, en plus, le doux chevrier...

Firmin grommèle des excuses et nous nous engouffrons dans les escaliers en direction du toit.

Je suis à la fois terrifiée et soulagée. Soulagée, parce que le jeune homme ne nous a pas reconnus, sous nos casques. Terrifiée parce que tout s'éclaire : les habits trop petits, les uniformes élimés, les gestes maladroits... Ces gens ne sont pas *déguisés* comme à l'époque du Moyen Âge, ce sont leurs habits normaux... C'est hier qu'ils étaient déguisés en gens d'aujourd'hui...

7
Cauchemar ou réalité ?

Quand nous arrivons sur le toit, nous sommes abasourdis. Déjà, la météo est surprenante. Le temps est à la tempête de neige, et à l'orage en même temps. Et, surtout, une bataille s'engage. Des gens en armes courent dans tous les sens. Certains bandent leur arc, d'autres amassent des cailloux ou même des pneus pour les jeter par-dessus bord. Un mécanisme a fait apparaitre des créneaux de château fort sur le toit. Le plus impressionnant, ce sont les trois catapultes, tournées vers la forêt. Occupée à armer la première, Alix s'active. Elle a galéré pour préparer un chocolat chaud, mais préparer une catapulte, elle gère.

Tout à l'heure, j'ai pensé à un film ou à une reconstitution, mais tout est trop vrai.

– Où sommes-nous ? murmure Firmin. Chez les fous ?

– Sauf que le château est attaqué pour de vrai, on dirait !

– Peut-être par d'autres fous, réplique-t-il.

Dissimulés par nos casques, nous nous faufilons jusqu'aux créneaux. Nous nous penchons. Je n'en crois pas mes yeux. Le restoroute est effectivement assiégé ! Au pied du bâtiment, sur le parking, une armée s'active. Certains soldats tentent d'escalader la façade, d'autres d'enfoncer les portes, mais ils échouent, car un rideau de fer recouvre le restoroute comme une carapace.

– Catapultes en position ! hurle soudain une voix de stentor.

L'homme qui vient de donner cet ordre n'est autre que sire Chaussetrappe, le conducteur de la dépanneuse. Le géant semble plus à l'aise dans son armure que dans sa doudoune sans manche « Dépann'tout » : il aide un archer à gauche, lance une torche à droite, donne un coup de main pour verser de l'huile de vidange en fusion par-dessus bord... L'homme est partout ! Dame Chaussetrappe n'est pas en reste. Emmitouflée dans son écharpe rouge, elle n'a plus rien de la tricoteuse blasée. La dame sort d'un petit local qui trône au centre du toit. Aidée de deux autres femmes, elle porte une machine à laver, qu'elles mènent à la première catapulte. Derrière elles, un autre groupe transporte une télé et un four à micro-ondes.

En quelques secondes, les projectiles sont fixés : les catapultes sont prêtes.

Sire Chaussetrappe rugit :

– Feu !

Aussitôt, les soldats tranchent la corde qui retenait le bras des catapultes et dans un grand *shlack !* les trois projectiles s'envolent. Machine à laver, four à micro-ondes et vieille télé traversent les airs dans un sifflement effrayant.

Je comprends mieux d'où venait le frigo américain planté au milieu de la route. Il a dû être envoyé lors d'une première attaque et oublié sur la route. Une attaque, oui. Désormais, je n'en doute plus : le restoroute, assiégé, s'est mué en château fort que ses occupants défendent avec hargne.

Pourtant, leurs assaillants semblent plus fragiles que des brindilles, comme s'ils étaient faits d'air et de vent plutôt que de chair et d'os. Chaque fois qu'un projectile s'écrase au sol, les vibrations les font vaciller, tomber pour certains, et beaucoup d'entre eux détalent et regagnent la forêt.

Rapidement, l'armée au sol est mise en déroute, mais personne ne crie victoire. Un silence de mort s'abat sur les occupants du restoroute. Je comprends rapidement pourquoi : un immense chevalier surgit du brouillard, il arrive de l'autre côté du pont qui enjambe la route. Monté sur un cheval plus sombre que la nuit dont les naseaux semblent cracher du feu, il avance vers le restoroute. À chacun des pas de son destrier, le bitume sonne comme un glas. L'homme porte un écu étincelant à la main droite, mais il n'a pas d'arme dans la main gauche. Et pour cause, ce chevalier n'a plus de main gauche... Pourtant, alors même qu'il est désarmé, les combattants de l'aire de Chaussetrappe sont inquiets.

Le chevalier s'arrête au milieu du pont et hurle d'une voix de spectre :

– Soyez maudits, sire et dame Chaussetrappe !

Une nouvelle armée surgit alors du brouillard, comme si le chevalier venait de la cracher, ou plutôt de la vomir ! Et aussitôt, des dizaines de soldats s'élancent de nouveau à l'assaut du restoroute.

– Sois maudit toi-même, chevalier à la main tranchée ! réplique sire Chaussetrappe.

– Retourne te coucher ! ajoute dame Chaussetrappe.

Firmin et moi échangeons un regard médusé. Ok... Nous nageons en plein Moyen Âge. Et aussi en pleine magie !

Absorbés par le combat, Firmin et moi avons oublié de nous planquer. Tout à coup, je sens un souffle contre ma main. Je me retourne. Le lévrier noir de dame Chaussetrappe est là. Il nous a flairés. Tout de suite, il aboie pour signaler notre présence. Sire Chaussetrappe, qui donnait des instructions à ses troupes, tourne alors la tête et nous voit.

Nous n'attendons pas la suite, nous détalons, espérant semer le géant en nous faufilant entre les combattants. Reste que notre espoir est mince : où se cacher ? où fuir ?

Comme nous cherchons une issue, une chèvre surgit du local central, celui dans lequel les projectiles sont stockés. À sa robe mouchetée, je reconnais l'animal qui nous a sauvé la mise tout à l'heure, le seul qui n'ait pas été envoûté. J'ignore comment elle est arrivée jusqu'ici, mais elle nous adresse un bêlement, comme pour attirer notre attention.

Sans réfléchir plus loin, nous nous jetons dans le local, mais à quoi bon... Certes, il est rempli de canapés, congélateurs, machines à laver et autres appareils électroménagers entre lesquels nous pourrions nous cacher, mais il n'y a aucune issue et le maître des lieux finira bien par nous trouver...

– On est perdus, se lamente Firmin. Il nous faudrait des ailes...

Des ailes ?! Mais oui !

– Firmin, t'es un génie... Tu viens de me donner une idée !

J'ouvre un immense congélateur qui a la forme d'un grand cube horizontal – ou d'un cercueil, au choix – et j'y entre.

Face au congélo, Firmin hésite :

– Attends, qu'est-ce que tu...

Je le tire par la manche pour qu'il me suive.

– Vite, il arrive !

Rapide comme l'éclair, Firmin pousse la chèvre pour qu'elle saute à l'intérieur et qu'elle ne trahisse pas notre présence. Ensuite, il me rejoint au fond du congélateur. À peine ai-je rabattu le couvercle, que j'entends tonner la voix de sire Chaussetrappe :

– Les deux gamins sont entrés ici. Tu les as vus, soldat ?

– Je n'ai vu personne, répond l'homme.

– Il va nous trouver tout de suite ! se lamente Firmin.

– Pas si on quitte le château avant qu'il ne commence à fouiller ! je murmure.

Alors Firmin comprend tout.

– Attends, Rose... C'est quoi l'idée géniale ?

Je n'ai pas le temps de répondre que, déjà, nous sentons le congélo brinquebaler. Des hommes l'emportent.

– T'es prêt pour le plus extraordinaire tour de manège de toute ta vie ? je demande à Firmin.

– Bien sûr que non ! C'est la pire idée que t'aies jamais eue, Rose ! Je déteste les manèges, j'ai toujours l'impression que la nacelle va se décrocher.

Je ne dis rien, pour ne pas inquiéter mon ami, mais c'est précisément ce qui va se passer : la nacelle va se décrocher... Firmin s'agite. Il voudrait sortir, mais je l'en empêche.

Ça tangue de plus belle dans la grande boîte. Le projectile est en train d'être fixé sur la catapulte...

– T'inquiète, on a des casques, j'assure mollement.

Au bord de l'évanouissement, Firmin serre la chèvre dans ses bras. Et moi, je serre Firmin et la chèvre dans mes bras. Je ne suis pas non plus complètement sereine.

Ensuite, dans un lugubre *shlak*, on décolle. Moi, je ne suis plus qu'un grand *aaaaah* ! Côté Firmin c'est plutôt un grand *eeeeeeee* comme dans « Je te haaaaaais ! ».

Le vol ne dure probablement que quelques secondes, mais il me parait long comme un Paris-Tokyo. J'ai l'impression que mon cœur va me sortir par les yeux, que mes yeux virent à l'omelette et que mon estomac remonte en bouillie jusque dans mes oreilles.

Le temps semble s'être arrêté.

Et puis...

Schpouitch !

Nous ne nous écrasons pas. Nous nous enfonçons dans un sol assez moelleux.

Nous sommes secoués, mais compte tenu du fait que nous aurions pu arriver morts broyés dans une même purée, nous ne nous en tirons pas si mal.

– Rose Asphalte, je te déteste, bafouille Firmin en ôtant son casque.

Je souris.

Si Firmin est capable de prononcer une telle phrase, c'est qu'il a encore le cerveau à l'endroit et les dents alignées.

Je prends ça comme un signe encourageant.

La chèvre, moins ingrate, me remercie d'un coup de langue sur la joue. Je me rends compte alors que je suis agrippée à elle comme à une bouée de secours. Je la lâche pour qu'elle puisse respirer, puis j'entrouvre le couvercle du congélateur.

Nous avons atterri au milieu d'une mare de boue, de l'autre côté du pont. C'est à ce sol pâteux que nous devons notre survie. Vu la température, la terre devrait être gelée, pourtant elle est aussi tendre et poisseuse que du Nutella.

J'enjambe le bord du congélateur, pressée de regagner la terre ferme, mais Firmin me tire en arrière.

– On est dans le camp d'en face, observe-t-il.

Mince, il a raison ! Pas très envie de tomber nez à nez avec le chevalier à la main tranchée et son armée magique.

Je rabats le couvercle du congélateur, mais laisse une minuscule ouverture, histoire de voir chez quel genre de tarés nous venons d'atterrir avant de tenter une approche.

8
La boue, c'est vivant ?

Là-haut, nous n'avions pas bien vu les assaillants. Ce que nous découvrons ne nous donne pas du tout envie de sortir de notre congélateur : les soldats crachés par le chevalier sont des créatures de cauchemar. Certains ont des têtes d'ours, de chiens ou d'aigles. Et ceux qui ont des figures humaines possèdent tous au moins trois têtes. Ils courent par grappes, armes à la main en direction du château.

Soudain, dans un sifflement, un frigo traverse le ciel, immédiatement suivi par un fauteuil et une commode. Les trois projectiles s'écrasent sur le bitume avec un bruit sourd qui fait trembler le sol. Les assaillants vacillent, certains prennent la fuite. Mais le chevalier à la main tranchée éructe des ordres dans une langue inconnue. Et dès qu'il ouvre la bouche, de nouveaux combattants apparaissent, qui se lancent à leur tour à l'assaut du restoroute.

Là-haut, dame Chaussetrappe s'avance entre les créneaux, armée d'un instrument de musique. Une corne de brume, on dirait. Elle souffle. Un son grave se répand alors comme une nappe de brouillard. Les vibrations sont si profondes que la forêt tout entière en frémit, le bitume se craquelle, la boue autour de nous tremblote comme de la gélatine et mes poils se hérissent à la surface de ma peau.

– Si bémol, fait Firmin.

– De quoi tu parles ? je demande.

– Le son. C'est un si bémol.

Firmin a l'oreille absolue, il reconnait les notes aussi facilement que les couleurs. Mais, trêve de considérations musicales, l'instrument doit être un peu magique, car à peine le son a-t-il cessé qu'une créature sombre s'avance entre les créneaux du restoroute. On dirait un nuage composé d'oiseaux, de cendres et de chauves-souris. La nuée s'élève dans le ciel, au-dessus du château, puis plonge dans le vide.

Quand elle se pose sur la route, elle a pris la forme d'un chien gigantesque aux contours mouvants comme des flammes. À peine a-t-elle posé les pattes sur le bitume qu'elle ouvre la gueule et engloutit les combattants, comme le ferait un aspirateur. Ou un trou noir.

Les soldats magiques qui fonçaient vers le château-route détalent. Arc-bouté sur sa monture, le chevalier à la main tranchée vocifère de nouvelles injures, faisant naitre de nouveaux assaillants, mais sitôt les créatures crachées, elles sont avalées par la bête. Effrayé, son cheval se cabre. Le chevalier à la main tranchée fait alors volte-face et se carapate vers la forêt.

Le grand chien flaire sa piste, mais soudain, il lève la tête et braque sur nous ses yeux de feu. Il nous a vus !

Nous fermons le couvercle du congélateur illico presto, mais la créature fond sur notre planque. Je devine que l'animal tourne autour du congélateur, cherchant comment l'ouvrir. Son souffle infernal nous parvient à travers le couvercle. Firmin, la chèvre et moi avons arrêté de respirer. Nous claquons des dents comme si l'appareil était effectivement réglé sur moins 30 degrés.

Heureusement, un nouveau coup de trompe retentit. Un son plus aigu, cette fois, mais qui fait toujours pleurer les oreilles et dresser les poils. Obéissant, le chien s'éloigne. Et quand j'entrouvre le couvercle du congélateur, je le vois voler jusqu'aux créneaux. Là-haut, dame Chaussetrappe l'accueille et le félicite. L'animal n'est plus qu'un chien ordinaire. Je reconnais Hadès, le lévrier noir. Dès que je l'ai vu, je l'ai trouvé étrange, mais je ne m'attendais pas à ça...

– C'était un ré, murmure Firmin.

– De quoi tu parles ?

– La note. Un si bémol a fait sortir le chien. Un ré l'a rappelé à la niche.

C'est bien Firmin... Le chien magique, il s'en fiche ; seuls comptent les si et les ré.

Une fois la bataille terminée, le vent tombe. Un drôle de silence plane sur la forêt.

Nous ouvrons le couvercle du congélateur, pour avoir de l'air. Les pensées se bousculent sous mon crâne. Un restoroute qui se change en château médiéval attaqué par un chevalier qui crache des soldats tout droit sortis d'un cauchemar... Une dame cruelle aux allures de reine médiévale qui possède un chien maléfique et un seigneur dépanneur...

– Sire Chaussetrappe ne dépanne pas les automobilistes, commence Firmin d'une voix blanche. Je pense plutôt qu'il les kidnappe.

– Mais pourquoi ? je demande.

– Je n'en ai aucune idée, conclut Firmin.

– Et dire que Jeanne est leur prisonnière, je bredouille.

Je lève les yeux, espérant trouver Euclide. Aucune trace du pigeon. J'imagine qu'il ne fait pas bon traîner dans le ciel quand une sorte de chien volant y crapahute...

Un énorme *bloupbloup* nous tire de nos réflexions. Autour de nous, la boue est entrée en ébullition.

– On coule ! crie Firmin.

Panique à bord ! S'agit-il d'une nouvelle créature ou d'un phénomène géophysique inconnu ? Aucune envie de le savoir !

La chèvre, la première, saute hors du congélateur. Elle semble avoir l'instinct pour poser les pattes là où la boue n'est pas trop profonde. Alors nous la suivons en sautillant jusqu'au bord, manquant de perdre une chaussure – voire un pied – à chaque pas dans la gadoue.

Quelques minutes plus tard, nous avons franchi les quelques mètres qui nous séparaient de la rive. Il était temps. Le congélateur qui nous a servi de véhicule aérien disparait dans la boue. Le sol vient de l'avaler !

La chèvre nous pousse de la tête pour qu'on avance. Elle a raison. Maintenant que l'attaque est terminée, les habitants du restoroute vont remarquer que nous avons disparu... Il est temps de filer. Mais dans quel sens marcher pour aller chercher du secours ? Firmin et moi, nous tentons de recomposer mentalement le chemin que nous avons parcouru, mais à cet instant, sans Jeanne, nous sommes complètement perdus.

Une route en bitume cabossé plonge dans la forêt. Nous décidons de la suivre.

Elle doit bien mener quelque part.

Enfin, espérons...

9

Carnivore ou cannibale ?

La nuit est tombée. La forêt, qui était déjà bien flippante, devient carrément angoissante. Heureusement que la chèvre est là. Elle ouvre la marche et semble ne rien craindre.

Difficile de savoir depuis combien de temps nous marchons, lorsque nous tombons sur un immense parking. Un parking, c'est bon signe. Ça mène à des lieux fréquentés par des humains. Pas celui-ci. Niché au cœur d'une clairière, ce parking a des allures de cimetière. Dans les halos blafards des quelques lampadaires qui l'éclairent, nous remarquons que des véhicules de toutes les époques y moisissent. Et si certains paraissent neufs, ils sont de toute évidence promis à la décomposition.

– C'est le parking de quoi ? s'étonne Firmin. On dirait un terminus...

Brusquement, il me tire par la manche.

– Le taxi de Jeanne !

Je me frotte les yeux. Non, nous ne rêvons pas. La berline est là, juste devant nous, garée entre une Peugeot en ruine et une Škoda immaculée.

Émue, je me colle à la vitre, pour voir à l'intérieur. Par réflexe, Firmin teste la portière, au cas où elle serait ouverte. Et elle l'est ! Impossible de résister : nous grimpons à l'avant, Firmin et moi, tandis que la chèvre saute sur la banquette arrière.

À l'intérieur du taxi de Jeanne, nous nous sentons presque en sécurité. En plus, Firmin, qui vient de retrouver son cartable, est aux anges. Mais la joie est de courte durée : il faut nous rendre à l'évidence, les véhicules qui nous entourent appartiennent aux gens que sire et dame Chaussetrappe ont « secourus »...

Je pense à Jeanne et ma gorge se noue.

Un *PWEEEEEEEET* à réveiller les morts me tire de mes pensées. Firmin vient de se moucher. Je lui jette un regard assassin. Comme si c'était le moment de faire autant de boucan ! Il remballe son mouchoir, penaud.

Soudain, les phares d'une voiture garée devant nous s'allument et s'éteignent. Ensuite, c'est la voiture juste à notre gauche qui se met à clignoter toute seule.

Mince, il y a des gens ?

Nous nous faisons tout petits dans nos sièges, jusqu'à disparaitre complètement sous le niveau des fenêtres. Mais soudain, dans le taxi de Jeanne, la radio s'allume.

Techniquement, il est impossible que la radio s'allume puisqu'elle ne peut pas fonctionner si le contact est éteint. Pourtant, la radio s'allume. Et très fort, en plus. Comme ici, on ne capte rien, ça crépite d'une façon insupportable. J'éteins la radio. Mais aussitôt, elle se rallume. Je me souviens soudain qu'au moment où nous sommes tombés en panne, un phénomène similaire s'est produit. Des images de voitures hantées qui assassinent leurs passagers me viennent à l'esprit. Firmin doit avoir les mêmes images en tête parce qu'il panique :

– On sort !

Au moment où il pose la main sur la poignée de la porte pour l'ouvrir, la voiture se verrouille toute seule de l'intérieur. Là, Firmin et moi hurlons de terreur. La radio grésille de plus belle, puis tout à coup, une voix flûtée sort des enceintes.

– Hep ! Pas si vite ! Pour une fois que quelqu'un arrive jusqu'ici.

Mince, la voix de la radio ! La même que celle que j'ai entendue sur la route, juste après la crevaison.

– Encore vous ! je m'étonne.

La voix ronchonne :

– Si tu m'avais laissé le temps de parler, je t'aurais expliqué deux trois trucs... Pffff. Si j'avais su que le pigeon allait livrer l'appel à l'aide à des enfants... Rose et Firmin, c'est ça ?

– C'est vous qui avez envoyé l'appel à l'aide ? je m'étonne.

– J'ai réussi à dicter les coordonnées GPS de notre position à un prisonnier de sire et dame Chaussetrappe qui avait réussi à s'échapper. Mais cet idiot s'est fait rattraper...

– Vous êtes où ? Et vous êtes qui ? je bafouille.

– Vous êtes quoi ? ajoute Firmin.

La voix toussote.

– Ah oui, j'en oublie de me présenter. Je m'appelle Marceline. Je suis une fée. Une fée des marais, plus précisément. Une fée des marais, c'est comme une fée ordinaire, mais en plus beau et plus intelligent...

Et en plus prétentieux, on dirait, j'ajoute mentalement.

– ... enfin, pour être précise, *j'étais* une fée des marais. Dame Chaussetrappe m'a jeté un sort il y a près de mille ans. Je suis devenue un esprit. Quand les appareils électriques ont été inventés, je me suis mise à les hanter. Et à écouter la radio, aussi, pour passer le temps.

– C'est vous qui avez modifié le GPS de ma sœur ?

– Exact, réplique-t-elle. Et crois-moi, il m'a fallu beaucoup d'entrainement pour y parvenir.

– Justement, à propos de ma sœur... Elle a disparu. Vous savez où dame Chaussetrappe garde les prisonniers ?

– Aucune idée. Je serais vous, je n'espérerais pas trop la revoir...

À ces mots, je sens mon cœur exploser d'angoisse. La fée poursuit :

– Dame Chaussetrappe a conclu un pacte avec une créature infernale qui vit sous la terre. Tous les cinquante ans, elle et sa maisonnée piègent cinquante vivants pour les offrir à cette bête. Le deal est simple. Une vie contre une vie. La dame offre donc cinquante vies en échange de la sienne et de celles des quarante-neuf personnes de sa suite. Le contrat est alors reconduit tacitement pour un demi-siècle. Un demi-siècle de cruauté, de méchanceté, de magie et de bassesse.

– Et les victimes, elle les trouve sur la route, c'est ça ? murmure Firmin.

– C'est ça. Les époux Chaussetrappe jouent les dépanneurs, alors qu'ils kidnappent les gens.

Mille ans... J'ose à peine faire le calcul.

– Personne n'a jamais essayé de les en empêcher ? demande Firmin.

La fée semble embarrassée.

– Eh bien, si... Moi... Et Médor, un jeune chevalier. Il a voulu mettre fin à cette mauvaise coutume. Un mage lui a forgé une épée magique, juste pour lui. Sauf que c'était sa première aventure. Et moi-même, je n'étais qu'une apprentie fée...

– Une épée genre Excalibur ? intervient Firmin, des lumières dans les yeux.

– Oui, on peut dire ça. Seulement, il y a eu... j'ai... comment dire... Disons qu'il y a eu un raté. Dame

Chaussetrappe est une puissante magicienne et... tout ce que j'ai pu faire pour soustraire Médor à sa fureur c'est l'endormir d'un sommeil de plomb. Dans une cachette secrète. Seulement, je n'ai jamais pu le réveiller, puisque moi-même, j'ai été faite prisonnière par la magie de cette vipère de dame.

– Mais qui est le chevalier à la main tranchée qui attaque le restoroute, alors ?

– Le chevalier à la main tranchée, c'est Médor. Il dort d'un sommeil magique. Lui ne peut rien faire, mais il envoie ses cauchemars à l'assaut du restoroute.

– Pourquoi a-t-il la main tranchée ? demande Firmin. Il l'a perdue au combat ?

– Oui, c'est ça..., répond évasivement la fée.

– Si je comprends bien, seul Médor avec son épée magique est en mesure de vaincre dame Chaussetrappe. Qu'est-ce qu'on attend pour aller le réveiller ?

– Je suis la seule à pouvoir le réveiller. Il faut donc d'abord me libérer, moi, grogne la fée.

– Comment on fait pour vous libérer ? je demande du tac au tac.

– Rien de plus simple. Il suffit d'ouvrir le coffre de la Pontiac bleue. Place B8 du parking. C'est là que mon corps est enfermé.

– Oui, c'est très simple, effectivement. Pourquoi personne n'a jamais réussi à le faire avant ?

– Qu'est-ce que j'y peux si les gens sont mauvais ? soupire la fée.

Les portes du taxi se déverrouillent. Mais avant que nous n'ouvrions les portes, la fée des marais, ajoute :

– Ah..., un détail. Il vous faut la clé du coffre... Elle se trouve dans la cahute au bout du parking, juste devant vous.

À cet instant, les phares du taxi s'allument et éclairent une cabane dissimulée entre les arbres, derrière les lampadaires.

Les phares s'éteignent.

Marceline reprend :

– Il vous suffit d'entrer dans le local, puis de récupérer les clés sans réveiller le gardien.

Firmin et moi nous exclamons d'une même voix :

– Il y a un gardien ?

– Oui, mais ce n'est pas un problème : il dort !

– Comment on la reconnait, la clé de la Pontiac bleue ?

– Ne vous inquiétez pas, le gardien du parking est un vrai psychopathe et...

– Un psychopathe ? coupe Firmin. Et on devrait ne pas s'inquiéter ?

La demoiselle soupire.

– Naaan, quand je dis psychopathe, j'exagère un peu. Il est juste un peu carnivore... Enfin, je perds mes mots. C'est quoi déjà le mot quand on est carnivore, mais qu'on mange de la viande humaine ?

– Cannibale ?!

– Ah oui, cannibale. Merci. Voilà, il est cannibale. Rien de terrible, non plus. L'avantage pour vous, c'est qu'il est psychopathe et maniaque. Les clés sont rangées sur des clous numérotés, c'est hyper simple à trouver. Non, ce qui devrait vraiment vous inquiéter, c'est ce qui va se passer pour vous quand il va se réveiller, dans approximativement 9 minutes... Il va tout de suite sentir votre présence. Ou vous entendre, surtout si Firmin continue de renifler comme un Klaxon... Et là, il vous bouffera.

Ah, je me disais aussi... Je comprends mieux pourquoi personne n'a jamais réussi à libérer la fée. Firmin et moi n'avons pas besoin de nous concerter. L'aide de cette fée nous est indispensable, et nous n'avons pas envie de nous faire dévorer. Autant ne pas perdre de précieuses secondes à tergiverser... Nous sortons du taxi, talonnés par la chèvre. L'animal, qui a gentiment patienté pendant la conversation, nous donne des petits coups de tête, comme pour nous encourager.

Dans la radio, la fée chantonne :

– Trop hâte de retrouver forme humaine !

Nous traversons le parking en direction de la cabane, pas rassurés. Les lampadaires se mettent à grésiller. J'imagine que c'est la fée qui fait ça pour nous montrer qu'elle est avec nous. Sauf que ses petits jeux de lumière rendent le parking encore plus flippant. La chèvre ouvre la marche, tête baissée, prête à charger. Heureusement qu'elle est là.

La cahute est à l'image du parking : lugubre. On dirait la maison de la sorcière de Hansel et Gretel, mais dans sa version parpaings ébréchés, tôle ondulée et moisissures.

La première chose qui me saute aux yeux en entrant, c'est l'éclat d'une hache. J'ai un mouvement de recul, Firmin au comble de l'angoisse est sur le point de faire demi-tour, mais la chèvre nous pousse doucement. Ensuite, j'aperçois un homme endormi dans un fauteuil, face à un mur d'écrans de vidéo-surveillance branchés sur le parking. Il porte lui aussi un anorak « Dépann'tout » sans manche un peu trop petit pour lui, et sur son badge, on lit « Patrick ».

Les mots de Marceline me reviennent à l'esprit.

Carnivore. Cannibale.

Je respire à fond, mais je suis tétanisée.

Firmin repère tout de suite le tableau de clés, au fond de la cahute. Nous nous approchons. Et nous commençons à chercher le clou B8, celui de la Pontiac bleue. La case est facile à trouver, mais le porte-clés est emberlificoté. Il faut l'ôter du clou sans le faire tinter, pour ne pas risquer de réveiller Patrick-le-cannibale et j'ai soudain l'impression de jouer au mikado tueur ou à Un-deux-trois-soleil massacreur.

J'ai arrêté de respirer. Le silence pèse quinze tonnes, mais tout à coup, les écrans de vidéo-surveillance crépitent. Le visage d'une jeune femme apparait sur toutes les télés. Elle a les cheveux en pétard et les yeux qui pétillent.

La fée ?

L'apparition ne parle pas, elle nous fait juste bonjour de la main puis elle nous envoie un cœur qu'elle forme avec ses doigts.

Nous lui répondons d'un rapide bonjour de la main, mais elle lance alors :

– Grouillez-vous ! Il vous reste moins de cinq minutes avant que ce gros tas se réveille !

Nous, on sursaute. Et on croit rêver.

Elle fait quoi, là ? C'est sûr que si elle hurle comme ça dans les écrans, il va se réveiller, oui !

Nous lui faisons signe de la mettre en sourdine.

La belle laisse échapper un petit rire.

– Oups, pardon ! Je suis la reine des gaffes.

Ensuite, pendant qu'on tente de détacher la clé sans faire de bruit, la fée prend des poses de star, comme si elle passait effectivement à la télé.

Firmin a la clé de la Pontiac bleue. Et moi, j'en profite pour prendre les clés du taxi de Jeanne, que j'ai reconnues au premier coup d'œil grâce à leur porte-clés tour Eiffel. À côté de moi la chèvre semble retenir son souffle, elle aussi.

Ensuite, nous sortons. La starlette se hachure puis disparait des écrans.

Il nous reste plus de quatre minutes. Nous sommes larges... N'empêche, nous nous dépêchons, histoire de quitter ce parking au plus vite.

Garée sur la place B8, une voiture de la marque Pontiac nous attend. Mais à peine ai-je tourné la clé dans la serrure qu'un grand *bong* retentit. La prisonnière vient de donner un coup de pied dans le coffre, qui s'ouvre en grand et manque de m'assommer.

– Hé ! Doucement !

Là – horreur ! – aucune fée ne se cache dans ce coffre, juste une créature aussi difforme qu'horrible. Un troll ! Firmin et moi restons pantois, d'autant qu'à peine sorti, le troll tente de nous mordre ! Heureusement, la chèvre lui envoie un grand coup de cornes et la créature fait un bond en arrière.

– C'était un piège ?! je m'indigne.

La voix de la fée me répond :

– Pas du tout ! Vous vous êtes trompés de voiture ! Je suis dans la voiture juste à côté, moi !

– Ce n'est pas du tout une Pontiac, c'est une Mercedes ! observe Firmin.

– Oups ! Vite ! Allez chercher les clés de la Mercedes ! Il vous reste trois minutes !

Sauf que le troll ne l'entend pas de cette oreille. Furieux, il saisit un cric dans le coffre de la Pontiac et il s'avance vers nous, menaçant.

– Qui réveille un troll qui dort connaitra le sommeil de la mort, vocifère-t-il.

Nous évitons les coups de cric comme nous pouvons, mais le troll ne nous lâche pas. À plusieurs reprises, ses coups atterrissent sur des carrosseries alentour, déclenchant des alarmes. Bientôt le parking n'est plus qu'un concert de sifflements d'antivols.

Nos efforts de discrétion sont ruinés et le gardien ne tarde pas à apparaitre sur le seuil de sa cahute. Hache à la main, il fonce droit sur nous. Manifestement, avant de nous bouffer, il va nous découper en morceaux... La chèvre tente de nous protéger, mais je vois bien qu'elle tremble de tous ses membres.

Le premier coup de hache nous rate, mais il atterrit justement sur la Mercedes. Le coffre, fendu en deux, s'ouvre alors comme un coquillage dans une sorte de tourbillons d'étincelles. Une jeune femme en jaillit. Nous reconnaissons la fée à sa tignasse en bataille. Plus étonnant, ce sont ses souliers – des bottes en caoutchouc crottées – et sa salopette de bricoleur bleu pétrole. J'imagine qu'elle a trouvé ces habits dans le coffre de la voiture.

– Ah ben enfin ! elle râle. C'est bien ma veine de tomber sur deux empotés.

Nous, des empotés ?! Alors que c'est elle qui nous a indiqué la mauvaise voiture ! Trop occupés à éviter les coups de hache et les moulinets de cric pour râler, on ne relève pas. Mais elle est gonflée !

Dans un mouvement de gym qu'elle fait pour se déplier le corps, Marceline craque deux fois des doigts en grognant :

– Shrinkz !

Ou un truc dans le genre. Je ne suis pas sûre de restituer correctement ce qui ressemble à une formule magique. Toujours est-il que dans la seconde qui suit, le gardien et le troll nous oublient. Ils se balancent des insultes terribles à la face, puis rapidement, ils en viennent aux mains. Et pas seulement aux mains : coups de pied, coups de hache, coups de cric, coups de boule, coups de coude... la baston est terrible.

La fée soupire.

– Ouf ! Débarrassés ! Ces deux lourdauds vont se battre jusqu'à ce que l'un des deux perde le combat.

Sauf qu'aucun des deux ne perdra jamais puisque je viens de leur jeter un sort d'égalité. Autrement dit, ils vont se battre jusqu'à la fin des temps.

La fée décoiffe encore un peu plus ses cheveux, ajuste ses bottes en caoutchouc, s'étire une nouvelle fois puis nous fait signe de la suivre. Pour être honnête, je regarderais bien cet incroyable combat entre le troll et le gardien cannibale, mais la demoiselle nous rappelle à l'ordre. Vu le boucan que font les deux champions, la dame aux Chèvres va finir par débouler, et personne n'a envie de l'affronter.

Nous quittons le parking pour plonger dans la forêt, le long de la route en bitume fendillé. Tout en marchant, la fée des marais fait des mouvements de sport pour se réapproprier son corps et râle très fort contre dame Chaussetrappe.

– Je vais lui faire mordre la poussière à cette magicienne à la noix !

Par-dessus ses protestations, j'entends de drôles de *schpouitch schpouitch* à chacun de ses pas, exactement comme si la fée marchait dans la boue. Sauf que nous marchons sur du bitume. Je remarque alors que derrière elle, elle laisse de grosses empreintes de terre.

C'est ça, une fée des marais ? Pas très discret, je songe.

– Pour commencer, allons tirer Médor de son sommeil de plomb...

Je demande :

– Mais si les cauchemars du chevalier peuvent attaquer le château, ne vont-ils pas nous attaquer nous aussi ?

Entre deux *schpouitch schpouitch*, elle lâche :

– Vous avez l'air d'oublier que je suis une fée des marais, j'ai pensé à tout et...

BIM !

Je ne sais pas comment elle s'est débrouillée, mais Marceline vient de se manger un chêne en pleine figure.

– Ça va, madame ? demande Firmin.

La fée se tient le nez en poussant des cris affreux.

– J'ai plus l'habitude d'avoir un corps ! J'ai été un esprit pendant mille ans.

Elle reprend sa marche, plus énervée encore.

– Qu’est-ce que je disais, déjà ? Ah oui. N’ayez crainte. Ma vengeance serait terrible...

Firmin et moi échangeons un regard dubitatif. La fée des marais serait-elle à la fée ce que le béluga est au dauphin ? Une espèce de la même famille, mais en beaucoup moins classe ? On dirait bien.

10
Quand on a un sommeil de plomb, on pèse combien de kilos ?

Nous arrivons au bord d'un grand lac dont le centre disparait dans la brume. Firmin et moi le reconnaissons au premier coup d'œil : c'est le lac au bord duquel nous avons atterri en congélateur. Sauf que nous nous trouvons sur l'autre rive.

– Nous y sommes, explique la fée. Au centre de ce lac, cachée par la brume, il y a une île. C'est là qu'est endormi le chevalier.

– Il y a des monstres, dans ce lac ?

– Des monstres ? Non, quelle idée...

Nous parlons alors des remous de boue qui ont englouti le congélateur, mais la fée nous explique que si la boue bouillonne, c'est parce que le sol va bientôt s'ouvrir pour que dame Chaussetrappe puisse précipiter ses victimes dans l'antre de la bête.

– Mais si on réveille le chevalier à temps, précise-t-elle, il tuera le monstre infernal avant qu'il n'embarque les prisonniers.

Moi, je m'emballe. C'est pas tous les jours qu'on voyage avec une fée – même si ce n'est qu'une fée des marais –, alors je demande :

– Vous auriez pas une formule magique pour faire apparaitre un pont ? Ou pour nous faire voler jusqu'à l'autre rive ?

– Rien de tout ça, non, réplique la fée. On va y aller en bateau.

En bateau ?

Nous longeons le bord du lac et là, entre les branches des arbres, nous découvrons une ancienne base nautique abandonnée. La fée nous explique que les moniteurs et toute une classe ont été offerts en sacrifice à la bête par la dame aux Chèvres, il y a cinquante ans. Toute une classe verte d'un seul coup. Hop. Forcément, après, le club a fermé, mais il reste les canoës délavés et des pagaies à foison.

Firmin repère également des gilets de sauvetage et il en rapporte un à chacun.

– C'est quoi, ça ? demande Marceline.

– Des gilets de sauvetage, explique Firmin. C'est pour éviter de se noyer si on tombe à l'eau.

– Ah ! Vous savez pas nager ? demande la fée.

– Si, mais l'eau a l'air froide. Et puis, c'est une sécurité.

Firmin l'enfile par-dessus son cartable qui ne le quitte plus. Une fois qu'on est équipés, Marceline fait une moue dégoûtée.

– C'est super moche, non ?

– C'est pas vraiment la question, je dis.

Elle nous rend le gilet.

– Nan, mais moi, ça va, je sais nager, réplique-t-elle. Au pire, si je tombe à l'eau, je me transforme en dauphin.

Ensuite, elle marche jusqu'à l'eau.

– Allez ! Assez perdu de temps ! Le canoë ne va pas se porter tout seul.

Nous, justement, on espérait bien qu'il se porte tout seul, grâce à une formule magique.

– Vous n'avez pas une formule pour le transporter ? s'étonne Firmin.

La fée fait mine de réfléchir deux secondes.

– Nan, j'ai rien pour ça. N'oubliez pas les rames !

Parce qu'on a besoin des rames ? Elle n'a pas non plus de formule pour faire avancer le bateau sans pagayer ? Firmin et moi portons le canoë jusqu'à la flotte boueuse. Et, dès que l'embarcation est à l'eau, la fée se cale à l'arrière. La chèvre a bondi dans la barque, elle aussi, et elle se place à l'autre bout, pour équilibrer les poids.

Firmin et moi sommes bons pour ramer...

Nous sommes à mi-chemin entre la rive et l'île centrale lorsque je sens des remous sous la surface. Le canoë tangue, comme si des choses nous frôlaient par en dessous. L'instant d'après, je pense mourir de frayeur : un aileron tourne autour de nous. Je ne suis pas forte en aileron, mais je sais que, généralement, ça appartient à des animaux moyennement sympas.

– Je croyais qu'il n'y avait pas de monstres ! peste Firmin.

– Ah, mais techniquement, ce ne sont pas des

monstres ! Juste des orques. Je crois me souvenir d'en avoir placé dans le lac pour protéger le chevalier.

Elle jette un œil désinvolte.

– Ouais, une orque. Argh. Flippant, le bestiau.

– Vous pouvez pas les enlever ? je demande.

– Non, je peux pas dé-créer ce que j'ai créé. Je sais pas faire. Eh ! Pas la peine de faire ces têtes, on est bientôt arrivés !

On voit bien que ce n'est pas elle qui rame...

– Vous pourriez pas ajouter un moteur sur la barque ? demande Firmin.

– Ah ouais, pas bête, un moteur, elle dit.

Elle bredouille un truc, craque vaguement du poignet, mais rien ne se passe.

– J'ai plus la formule en tête. Va falloir ramer plus fort, si vous voulez avancer plus vite.

Au moment où nous entrons dans l'épais brouillard qui entoure l'île, nous nous taisons, aux aguets. Rapidement, nous butons contre un ponton.

– Arrivés ! triomphe la fée. Pas trop tôt !

Elle se lève dans la barque et elle lance d'une voix forte et claire, en direction de l'île :

– Hé, Médor ! C'est moi ! Économisez vos cauchemars, je viens vous chercher !

Une sorte de ronchonnement ensommeillé nous répond. Plutôt un grondement en fait.

– C'est bon, je pense qu'il a reconnu ma voix. Il ne nous enverra pas ses cauchemars.

Elle saisit une corde au fond du canoë puis baragouine quelques mots avec plein de « s » dedans. Ensuite elle jette la corde, qui s'attache toute seule au ponton.

Ah ouais... Quand c'est pour elle, elle a des formules bien pratiques qui lui reviennent à l'esprit, la fée. Bref. Aussitôt la barque attachée, la chèvre saute sur le ponton. Et nous partons à sa suite.

Sauf que tout à coup, un terrible sifflement retentit. Nous n'avons pas le temps de nous carapater qu'un serpent géant plein de têtes surgit, immense et dégoûtant. Il se poste face à nous et ouvre toutes ses gueules en même temps.

Nous avons le temps de plonger derrière un rocher, mais le monstre nous a repérés et il avance vers nous en sifflant. À vue de nez, je compte dix têtes. Nous sommes quatre. Ça fait deux têtes et demie par personne. Nous n'avons aucune chance !

– Je croyais qu'il allait pas nous envoyer ses cauchemars ! je râle.

– C'est pas un cauchemar ! C'est moi. Quelle cruchette ! Je ne m'en souvenais pas du tout ! J'ai ajouté un serpent pour protéger le chevalier. Et un pas cool ! Si on lui coupe une tête, il y en a deux qui repoussent. Enfin, vous connaissez le principe...

On connait, oui.

De toute façon, je ne vois pas bien ce que nous pouvons tenter pour repousser cette bestiole. À côté de moi, Firmin est sur le point de mourir de peur. Et moi, je ne vais pas tarder à m'évanouir de terreur. Seule la chèvre semble tenir le choc.

La fée soupire.

– Vous inquiétez pas, j'ai une formule pour lui emmêler les têtes.

Elle fait craquer son index, mais rien ne se passe.

– Mince, ça me revient pas. Bon, eh bien, faut que vous preniez les rames et que vous lui tapiez dessus !

– Nous ? Lui taper dessus ? On va se faire bouffer tout de suite ! je clame.

– Tout de suite ? Vraiment ?

À cet instant, la chèvre – intrépide ou suicidaire – bondit sur le rocher en bêlant. Le serpent la flaire aussitôt et rampe en sifflant pour la bouffer. Je me cache les yeux, mais la fée dit :

– Ah ben enfin quelqu'un de courageux !

Elle fait craquer les os de ses doigts de pied (le gauche) dans ses bottes et aussitôt les cornes de la chèvre se mettent à scintiller.

– Vas-y ma belle ! encourage la fée.

Alors la chèvre prend son élan, elle charge et frappe dans le ventre de l'hydre. Le coup a déclenché une pluie d'étincelles. Le serpent se tord de douleur et, une poignée de hurlements plus tard, le monstre se décompose puis disparait.

Impressionnés, nous félicitons la chèvre, qui semble assez fière d'elle, puis nous nous mettons en marche. L'île est minuscule et nous apercevons rapidement une statue équestre qui représente un chevalier sur son destrier, grandeur nature. Nous reconnaissons l'homme à la main tranchée, celui qui a attaqué le restoroute. Avec son armure hérissée de pics, son visage renfrogné sous la visière de son heaume relevée, il file un peu les pétoches et je me demande si c'est une bonne idée de le réveiller. Le cheval n'est pas beaucoup plus rassurant : caparaçonné comme un char d'assaut, ses sabots font la taille de ma tête.

– C'est lui ! annonce la fée.

– Vous l'avez transformé en statue ?

– Une statue magique, oui. Comme je vous l'ai dit : il dort d'un sommeil de plomb, mais ses rêves sont réels. Bon, le hic, c'est que j'ai pas la formule pour le réveiller. Faut que je me concentre deux secondes, mais on ne peut pas rester ici. Pas impossible que j'ai planqué d'autres créatures à six têtes... Il faut le ramener sur l'autre rive.

Firmin et moi, nous tombons des nues.

– Comment on fait, pour le ramener ? demande Firmin.

La fée, déjà, repart en direction du canoë.

– Eh bien, il suffit de le charger sur la barque puis de ramer dans l'autre sens. Pardon, les enfants, mais vous avez un esprit d'initiative proche du néant.

– Vous n'avez pas une formule magique ? je tente une nouvelle fois.

– C'est pas très lourd, le plomb, prétend-elle. Il pèse le poids de quatre machines à laver, ou de vingt micro-ondes, ou de la moitié d'un petit éléphant...

– À deux, nous ne pourrons jamais !

Nous restons stupéfaits comme deux mollusques lorsque la chèvre se pointe. Elle a l'air de vouloir nous aider.

– Ah bah voilà, vous êtes trois. Et avec ses cornes magiques, ça devrait le faire.

La fée nous jette la corde. Nous encordons la statue d'un côté puis enroulons l'autre extrémité de la corde aux cornes de la chèvre.

La chèvre a beau avoir des cornes magiques, elle peine à tracter la statue. À force d'efforts et de transpiration, nous réussissons pourtant à charger le chevalier et son cheval dans la barque. Seulement, nous sommes plus que limite, niveau poids. À la moindre vague, on chavire !

La fée s'est installée à l'arrière de la barque avec la chèvre et elle sifflote un air de triomphe. Firmin et moi ramons péniblement au milieu du lac depuis un bon quart d'heure, lorsqu'un bruit de moteur nous parvient. Un hors-bord apparait à l'horizon. Et il nous fonce droit dessus.

La grande écharpe rouge qui vole au vent ne laisse aucun doute quant à l'identité des passagers : c'est dame Chaussetrappe. Derrière elle, se tient un géant. Sire Chaussetrappe.

Ils ont un bateau à moteur, eux, évidemment...

Dans notre barque, la fée s'anime.

– Oh là là ! Je n'ai pas du tout envie de les voir, ces deux-là !

Elle craque du coude droit et aussitôt un brouillard à couper à la tronçonneuse nous tombe sur le coin du nez. Rideau. On ne voit plus rien, ni personne. Sauf que le bruit du moteur du hors-bord est rapidement couvert par des vrombissements encore plus puissants, comme si des centaines de bateaux nous arrivaient de partout, mais par les airs.

– On est attaqués ! hurle Firmin.

– Des frelons ! je confirme.

Nous faisons de grands gestes pour tenter de chasser les insectes, mais plus nous nous défendons, plus la barque tangue.

– Zut de zut ! peste la fée. Je voulais pas un brouillard à frelons, je me suis plantée.

Elle recraque du coude, avec l'idée d'enlever les frelons, j'imagine, mais seul le brouillard disparait. Les frelons restent, et ils nous attaquent de plus belle !

– Mince ! repeste la fée.

Elle fait craquer une nouvelle fois son coude droit et enfin, les insectes disparaissent.

Les vrombissements se sont tus, mais des éclats de rire fusent. En face de nous, le hors-bord s'est arrêté. Les époux Chaussetrappe se marrent tellement que leur embarcation tangue et que les remous suffisent à nous faire osciller dangereusement.

– Oh, mais qui voilà ! se marre dame Chaussetrappe. Marceline ! Et vous avez récupéré votre gros lourdaud de chevalier à la main tranchée !

Le géant a redémarré le hors-bord et il se contente de nous tourner autour.

– Même pas besoin de me fatiguer à user d'un sortilège ! s'amuse dame Chaussetrappe. Vous allez couler tout seuls comme des grands ! Quant à vous, les enfants... Je vois que vous avez retrouvé votre sœur !

Comment ça ? Elle est où ma sœur ? Je ne comprends pas. Il n'y a que la chèvre à côté de moi. La chèvre se met alors à bêler à mon intention puis elle me lèche le visage.

La sorcière glousse :

– Les deux sœurs réunies... Comme c'est touchant !

– Jeanne ?

Un vertige me prend. Ma sœur ? Transformée en chèvre ? Dame Chaussetrappe transforme ses victimes en chèvres ? C'est donc ça, la prison secrète ? La cachette introuvable, c'est une transformation ! Nous avons cherché les prisonniers dans le restoroute alors que nous les avions sous le nez !

L'animal moucheté se frotte la tête contre mon bras en bêlant, comme pour dire « enfin, tu sais ! ». Je comprends mieux pourquoi cette chèvre nous aide, depuis le début. Émue, je me jette au cou de la chèvre... enfin de Jeanne, mais l'effusion n'est que de courte durée.

– On coule ! hurle Firmin.

Une vague est entrée dans la barque, qui sombre aussitôt. Le chevalier en plomb coule à pic. Direction le fond du lac. Firmin et moi, nous coulons moins vite, mais nous coulons nous aussi : nos gilets de sauvetage sont trop vieux, ils ne sont plus efficaces. L'eau est si froide que j'ai l'impression de me transformer en Rose glacée. À côté de moi, Firmin se débat, mais entre le froid et nos vêtements qui se gorgent d'eau, impossible de lutter bien longtemps.

Dame Chaussetrappe tente de nous repêcher, Firmin, la chèvre et moi. Pas pour nous sauver, juste pour nous offrir à la bête...

J'aime autant me laisser couler !

La fée hurle qu'elle ne sait pas nager.

– Transformez-vous en dauphin ! j'ai le temps de crier.

– En dauphin ? Comme si je savais faire ça !

De toute façon, c'est trop tard.

Je coule pour de bon.

Et à défaut de dauphin, l'orque n'a pas tardé à rappliquer, attirée par l'odeur de la viande. C'est un moment de terreur pure. Surtout que les derniers sons que j'entends sont les rires de la magicienne, la vraie, qui se marre sur son hors-bord.

Firmin et moi, nous nous tenons par la main. Nous ne pouvons pas nous parler, mais je suis certaine qu'il me maudit.

– Pardon Firmin, je glougloute.

À côté de nous, la fée s'agite. Et soudain, dans une sorte de *blup blup*, une immense bulle d'air se crée autour de nous, comme une cloche sous laquelle il est possible de respirer.

Debout au fond du lac, sous la bulle d'air, je reprends mes esprits. Là-haut, on devine le ventre du hors-bord. Les époux Chaussetrappe nous attendent pour nous filer des coups de hache si on sort de l'eau... L'orque rôde, elle aussi, prête à nous attraper d'un coup de mâchoire. Tout à coup, la chèvre – Jeanne – se met à nager comme une anguille. Elle quitte la bulle d'air et, d'un prodigieux coup de cornes, elle frappe l'orque. L'animal, furieux, fond alors sur le hors-bord, qui n'a d'autre choix que de décamper.

– Merci, je murmure à Jeanne et à Marceline.

– Il faut pas trainer, réplique la fée. Il est possible que d'autres orques se baladent par ici...

Protégés par la bulle d'air, Firmin et moi, aidés de la chèvre, nous tractons la statue du chevalier jusqu'au bord. Et ce n'est pas une mince affaire. Le fond du lac est vaseux gluant, tout à fait dégoûtant.

Mais c'est toujours mieux que d'être noyés...

Nous sortons du lac, trempés jusqu'aux os. Firmin et moi, nous ne cessons de regarder la chèvre. J'ai un doute à présent. Est-il possible que cette chèvre soit effectivement ma sœur ? Non, ce n'est pas possible. Et pourtant... Cela expliquerait son comportement.

– Comment on fait pour retransformer les chèvres en humains ? je demande à la fée.

– Seul le chevalier peut s'en charger ! elle réplique.

La fée pointe un bâtiment devant nous.

– Vous voyez cette usine désaffectée ? C'est ici que nous allons nous planquer pour réveiller Médor.

Sous couvert d'avancer en éclaireuse, la fée marche sans nous aider à tracter le chevalier de plomb. Heureusement que la chèvre – enfin que Jeanne – nous aide, car nous sommes au bout de nos forces.

– On n'en peut plus, madame, souffle Firmin à l'agonie. Faut nous aider !

– Vous n'avez rien planqué dans le marécage, au moins ? je demande.

Là, la fée écarquille grands les yeux et se frappe le front.

– Oh là là ! Heureusement que t'en parles, fillette. J'ai planqué un crocodile ! Enfin, un alligator pour être plus précise.

Elle fait une moue.

– Un crocodile ou un alligator ? Je sais plus maintenant...

Elle commence à chercher entre les roseaux, pour tenter d'apercevoir la bête. Firmin et moi, nous nous sentons pousser des ailes : nous tirons comme des dingues sur la corde attachée au chevalier, pour sortir de ce marécage au plus vite. Et en quelques minutes, nous quittons le marais pour atterrir au pied de l'usine désaffectée.

– Contente d'avoir échappé à l'alligator, je murmure.

La fée part d'un grand éclat de rire.

– Il n'y a pas d'alligator. Ni de crocodile. C'était juste pour vous donner un peu de force. Hé, pas la peine de me regarder comme ça ! C'est vous qui m'avez demandé de l'aide ! Vous avez tiré plus vite, oui ou non ?

11
T'es fort en puzzle, toi ?

Depuis que nous avons installé la statue au centre de l'usine désaffectée, la fée semble avoir oublié notre présence. Perdue dans ses pensées, elle tourne autour du chevalier en faisant toutes sortes de gestes bizarres et en grommelant des trucs à voix basse, un peu comme si elle cherchait à se remémorer un poème qu'elle aurait appris, mais oublié.

Brusquement, Marceline se plante devant la statue et elle lance :

– Je l'ai ! J'ai retrouvé la formule !

Elle tend ses deux bras vers le chevalier, paumes des mains tournées vers lui, puis en même temps qu'elle fait craquer son cou, elle glapit :

– Kazam !

Kazam ? C'est tout ? Elle avait besoin de tout ce cirque pour se souvenir d'une formule aussi simple ?

Je n'ai pas le temps de m'étonner davantage : un petit éclair est sorti de sa bouche et il ricoche contre le plomb de la statue, pile sur le front du cheval, avec un petit bing !

Au moment où il a tapé contre le bronze, l'éclair s'est démultiplié en une poignée d'étincelles qui repartent dans tous les coins du bâtiment à la vitesse d'une balle rebondissante. Ensuite, chaque fois qu'une étincelle heurte une paroi de l'entrepôt, elle se démultiplie à son tour.

Le *kazam* est une catastrophe. Comment une formule aussi simple peut-elle causer une telle pagaille ? En seulement quelques secondes, l'usine désaffectée est remplie de particules électriques qui crépitent et voltigent à la vitesse de la lumière. Quant au chevalier, il n'est toujours pas réveillé !

– Planquez-vous ! hurle la fée en sautant derrière un muret de béton.

Firmin, la chèvre et moi l'imitons sans discuter.

À force de ricocher, les étincelles, de plus en plus nombreuses, font vaciller la statue du chevalier. Le bloc de plomb tangue sous les minuscules projectiles puis il finit par basculer et tomber au sol dans un fracas si violent que l'usine tremble du sol aux néons.

Le pire, c'est qu'il devient de plus en plus difficile pour nous d'éviter les étincelles. Quant à quitter l'entrepôt, c'est proprement impossible : cela reviendrait à traverser une ruche de guêpes électriques.

– Arrêtez ça ! je hurle à Marceline.

– Je n'ai pas la formule ! Je ne peux pas dé-créer ce que j'ai créé, je vous ai dit ! grogne-t-elle.

Firmin intervient alors :

– Vous l'avez fait, tout à l'heure, pourtant ! Pourquoi ne pas essayer la formule que vous avez utilisée pour faire disparaitre les frelons ?

La fée écarquille les yeux, surprise par l'idée. Elle fait craquer son coude gauche en grommelant un mot incompréhensible. Et ça marche. Les étincelles qui crépitaient disparaissent aussitôt.

La fée se tourne alors vers Firmin. Elle a les yeux qui brillent d'une admiration émue.

– Dis, petit, tu m'as l'air sacrément malin. Ça te dirait d'être mon assistant ?

Firmin panique. Je le comprends. Déjà, cette fée est quand même limite en termes de magie. Et puis, elle-même n'est qu'apprentie. Qui a envie d'être l'assistant d'une apprentie ? Personne. Surtout quand elle est aussi mauvaise.

– Je vous remercie, répond Firmin poliment. Mais je préfère décliner la proposition.

– Super, tu ne le regretteras pas ! Tu vas voir, nous allons faire des choses merveilleuses tous les deux.

– Eh ! proteste Firmin. J'ai dit non !

La fée fait mine de ne rien entendre. En trois *spouitch spouitch spouitch* humides, la voilà auprès de la statue équestre. Enfin, de ce qu'il en reste, car nous découvrons que Médor et son cheval sont brisés en cinq morceaux. L'homme a perdu la tête, un pied et il est cassé en deux au niveau de la taille. Quant à son cheval, il a les deux jambes avant brisées juste sous le poitrail.

– Est-ce qu'il sent quelque chose dans son sommeil ? je demande.

– Rien du tout ! C'est du plomb.

Marceline ramasse alors les deux jambes du cheval et les fait sonner en les frappant l'une contre l'autre. Ensuite, elle se tourne vers Firmin.

– Dis, assistant, c'est un cartable, ce que t'as sur le dos, n'est-ce pas ? T'as pas de la colle dans ta trousse ?

Tout en tirant le tube de colle de sa trousse, Firmin explique, perplexe :

– Je ne suis pas votre assistant, mais j'ai de la colle, oui. Mais de la colle en tube qui sert à coller du papier. Alors du plomb...

– Ce sera parfait, grogne la fée.

Elle s'empare du tube jaune, fait craquer sa cheville, et aussitôt, le bâton de colle prend la couleur et la texture de la lave en fusion. La fée étale la glue sur la partie sectionnée des jambes du cheval. Seulement, au moment de les coller, elle semble perdue :

– Je suis nulle en puzzle, moi. Elle se met où cette pièce ?

Elle est sérieuse ? Je lui montre, jambe droite, jambe gauche. La fée s'exécute puis ramasse la tête du chevalier.

– Et la tête, j'ai un doute ?

Firmin se charge de coller la pièce puis nous replaçons enfin le corps et le pied du chevalier. Pour cette fois, la formule est impeccable : toutes les pièces tiennent en place.

Marceline referme le tube de colle et le rend à Firmin.

– Il n'y a plus qu'à attendre que la glue prenne.

Firmin range soigneusement le tube dans son cartable puis nous nous asseyons tous les quatre dans un coin de l'usine. Firmin, qui renifle depuis un bon moment, sort un mouchoir pour se moucher. Il lâche un grand *Pouêêêt* dont il a le secret et les verrières en tremblent presque autant que lorsque le chevalier s'est cassé la figure.

– T'as le rhume, bonhomme ? intervient la fée. Je connais une formule pour guérir du rhume. Tu veux ?

– Non ! panique Firmin. Non, non et non !

La fée se met alors à réfléchir à haute voix et commence à baragouiner des trucs. Là, un néon qui pendait s'allume, passe par toutes les couleurs de l'arc-en-ciel puis se détache du plafond et s'écrabouille à nos pieds.

Alors Firmin se lève et il hurle :

– Je ne veux pas de formule, pas de sortilège. Je ne veux pas non plus être votre assistant, parce que vous êtes nulle ! Je préfère renifler et me moucher jusqu'à la fin des temps !

Je connais Firmin depuis toujours. C'est la première fois que je l'entends hurler si fort. Il est hors de lui. Et pour joindre le geste à la parole, il se mouche en un énorme *Pooooueêêêêêt* tonitruant.

Entre ses mots et le mouchage, ça résonne fort dans le hangar. Le son ricoche et la surface de plomb de la statue se met à vibrer. Il me semble même la voir frémir, un peu comme si elle s'ébrouait.

Vexée par les paroles de Firmin, la fée s'est remise à grommeler. Moi, je viens d'avoir une idée.

– Je sais ! C'est le son qui va réveiller le chevalier !

Firmin hoche la tête pour approuver.

– Après tout, le son c'est de l'énergie... La matière peut entrer en vibration grâce à la force contenue dans les ondes d'un son...

La fée applaudit.

– On essaye !

Elle tire un mouchoir de sa poche et elle le tend à Firmin.

– Si tu te mouchais dans ce mouchoir (un tout petit peu magique) le plus bruyamment possible, le son qui en sortirait serait amplifié de façon à faire entrer le métal en résonance et alors, peut-être, le chevalier sortirait de son sommeil de plomb.

Elle dit « un tout petit peu magique » très vite et très bas pour que Firmin n'entende pas, mais il n'est pas dupe. Et il hésite.

La fée a beau lui assurer que rien ne se passera pour lui, il n'est pas rassuré et il refuse tout net. Alors la chèvre s'avance et elle se frotte à lui comme pour l'encourager. Maintenant que nous savons que cette chèvre est ma sœur, Firmin a confiance en elle. Et il capitule. Il accepte.

La fée lui remet le mouchoir magique en lui glissant rapidement :

– Et si tu peux faire un fa dièse, ce sera mieux.

Si on lui parle musique, Firmin ne peut pas résister. Déjà, il porte le mouchoir à son nez et se mouche en un *Pouêêêêêt !* du tonnerre qui sonne comme une trompette branchée sur du 220 volts.

Ensuite, il replie le mouchoir qu'il range dans sa poche et il commente, modeste :

– Mon fa dièse était parfait.

– Heureusement, réplique la fée. Sans quoi tu te transformais en flaque de morve.

Firmin n'a que le temps de la foudroyer du regard. Rapidement, nous n'entendons plus rien d'autre que ce fa dièse qui résonne et qui virevolte dans le hangar. Comme les étincelles l'avaient fait, le son se démultiplie chaque fois qu'il heurte un obstacle. Il semble qu'un orchestre composé de mille trompettes propulse des fa dièse dans tous les sens. Quelques secondes plus tard, les milliers de fa dièse se rassemblent en un seul fa dièse d'apocalypse.

Nous nous bouchons les oreilles, mais gardons les yeux grands ouverts. Devant nous, la statue vibre si fort qu'elle commence à s'écailler. Quelque chose remue sous le métal. Ou plutôt, il semble que le métal lui-même soit en train de s'amollir et de prendre une texture humaine.

Et d'un seul coup, le son cesse et un chevalier de chair et d'os s'agite au centre de l'usine. Les vibrations magiques l'ont jeté loin de son destrier, qui se secoue à quelques mètres de lui.

– Tu as eu une excellente idée, fillette, me félicite la fée. Je t'embauche comme stagiaire de mon assistant, ça te tente ?

– Pas du tout ! je réplique.

Je n'ai pas le temps de protester davantage. Au milieu du hangar, le chevalier a fini de reprendre vie. Je n'ai jamais vu de vrai chevalier du Moyen Âge. Je ne sais pas à quoi je m'attendais... mais pas à ce que je vois. Médor, le chevalier à la main tranchée, ressemble à une bête sauvage. On dirait un ours... En tout cas, la créature qui vient de se réveiller en a la fureur et la pilosité.

Vacillant, l'homme hirsute aide son cheval à se remettre sur pied.

– C'est quoi comme animal, le chevalier ? je demande.

– Ce n'est pas un animal, répond Marceline. C'est juste que ses poils et ses cheveux ont poussé pendant mille ans. J'ai dû faire une erreur dans la formule.

Une erreur dans la formule ? Firmin et moi échangeons un regard blasé.

– Faut le laisser se réveiller, explique la fée.

Je comprends que Médor soit perdu. Le matin, quand je dois me lever pour aller à l'école, je suis de mauvaise humeur, en général. Il me faut quelques minutes pour me réveiller tout à fait. Cet homme vient de dormir mille ans. On peut comprendre qu'il soit de mauvais poil. C'est le cas de le dire.

Firmin et moi restons prudemment à l'écart, mais nous l'observons, forcément. Ce n'est pas tous les jours qu'on voit un chevalier au sortir de l'hibernation. Sauf que tout à coup, je remarque que Marceline est en train de se carapater. Elle nous abandonne !

– Hé ! Qu'est-ce que vous faites ?

– Mieux vaut que je file, explique-t-elle à voix basse.

– Vous pouvez pas partir comme ça ! Pas après avoir libéré le chevalier à la main tranchée !

– Justement. Disons que... heu... disons que c'est moi qui, par mégarde... une erreur idiote... une bête histoire de sort boomerang. La hache de sire Chaussetrappe m'arrivait dessus pour me fendre le crâne, j'ai lancé une formule pour qu'elle aille se planter dans la tête de dame Chaussetrappe, mais... par je ne sais quel prodige... la hache a tranché la main du chevalier ! La main et l'épée magique ont volé. Mais ne vous inquiétez pas ! Je l'ai planquée pour que dame Chaussetrappe ne la trouve jamais. Bref, Médor vous dira tout ça. Moi, j'ai accompli ma mission. Maintenant, débrouillez-vous avec lui ! S'il me voit, il va me hacher menu.

Je ne sais pas quelle tête on fait, Firmin et moi, mais Marceline se vexe.

– Me regardez pas comme ça ! C'est vite arrivé un accident de hache !

Un bruit sourd nous interrompt. Malgré ses cheveux et ses poils qui gênent ses mouvements, le chevalier a réussi à monter sur son cheval. D'un claquement de langue, il ordonne à l'animal de prendre le galop. Et aussitôt, ils foncent droit sur nous, le cavalier en poussant des hurlements d'ours mutant, le cheval en hennissant comme une locomotive atomique. Il a repéré la fée, il a effectivement envie de l'étriper. Et nous avec, car il imagine probablement que nous sommes ses complices !

Notre premier réflexe, c'est la fuite, mais le chevalier nous rattrape en un pas de galop et nous bouche la sortie. Le cheval pile à notre hauteur et d'un mouvement leste, le chevalier nous saisit, Firmin et moi, de son unique main. De son côté, le cheval a attrapé la fée par la salopette et la tient entre ses dents.

– C'est qui, eux ? demande le chevalier à la fée.

– Le garçon, c'est mon assistant, dit la fée en désignant Firmin. Et la fille, c'est sa stagiaire.

Firmin et moi, nous protestons. Nous ne sommes les assistants de personne. Encore moins les stagiaires des assistants. Le chevalier s'en fiche, il hurle :

– Tu vas mourir Marceline. Et les deux cloportes avec toi !

Alors Firmin hurle :

– On vous a réveillé parce qu'on a besoin d'aide, monsieur le chevalier ! Dame Chaussetrappe a transformé notre sœur ainsi que quarante-neuf innocents en chèvres ! Marceline nous a dit que vous seul pouviez les délivrer et tuer la bête à laquelle elle va les offrir en sacrifice !

À ces mots, l'homme nous lâche aussi brusquement qu'il nous a saisis.

– Vous avez besoin d'aide ? Vous êtes en détresse ? Voilà qui change tout. Un chevalier se doit de porter assistance et secours à quiconque le lui demande. Je serai votre champion.

Le chevalier met pied à terre et s'incline devant nous en une élégante révérence. Suivant l'exemple de son maître, le cheval a lâché la fée.

– Marceline, occupez-vous de Décembre, mon cheval, pendant que ces deux enfants perdus me racontent l'affront qu'ils ont subi. Et si quelqu'un pouvait me couper les cheveux, je lui en serais éternellement reconnaissant.

Firmin sort de sa trousse une paire de ciseaux en forme d'écureuil. Ce sont des ciseaux qui servent à couper du papier, normalement, pas à tondre un yéti... La fée fait craquer son genou, baragouine une formule, sans se tromper, et les ciseaux d'école deviennent longs comme des cisailles.

Une heure plus tard, le chevalier a repris forme humaine. Il connait aussi toute notre histoire.

– Marceline, lance-t-il d'une voix grave, il est temps de me dire où tu as caché mon épée.

Marceline émet un gargouillis :

– Heu... eh bien... disons que... Je ne sais plus. J'ai oublié. Mille ans ! Vous auriez oublié vous aussi !

Le chevalier soupire.

– Je l'ai vue en rêve, mais tout était assez flou... La boîte dans laquelle elle est rangée était entourée de gros animaux. Des animaux monstrueux qui mangent la terre et qui ouvrent les sols...

L'espace d'un instant, je me demande s'il a perdu la tête, en plus de la main.

Mais Firmin bondit de joie.

– Un chantier ! triomphe-t-il. Marceline a caché votre épée dans un chantier !

12
Quelqu'un a vu ma main ?

– Si j'avais eu ce genre de bestiaux, j'aurais écrabouillé ces traitres de sire et dame Chaussetrappe, conclut Médor en observant les pelleteuses et les rouleaux compresseurs.

À en juger par la couche de rouille sur les engins, le chantier est à l'arrêt depuis des années. J'imagine que dame Chaussetrappe a offert tous les ouvriers en tribut à la bête. Le chantier a alors dû être considéré comme maudit et plus personne n'a voulu venir y travailler.

Le chevalier a lâché Décembre sur le chantier que nous avons longé quand nous sommes arrivés en dépanneuse. L'arme, magique, émet des vibrations et il compte sur son cheval pour les sentir et nous indiquer l'endroit où elle est enterrée.

La monture musarde depuis quelques minutes lorsqu'elle s'immobilise et gratte du sabot en hennissant.

– C'est ici qu'il faut creuser, lance le chevalier. Marceline, t'as une formule pour que la terre s'ouvre ?

Elle secoue la tête.

– Aucune.

– Et pour rendre la vie à ces grandes bêtes à tête de pelle ? demande encore le chevalier.

– Non plus.

Marceline se tourne vers nous.

– Vous connaissez une formule pour creuser la terre ?

– Comment pourrions-nous connaitre une formule magique ? je proteste.

– Dommage, elle dit en désignant de vieilles pelles oubliées dans un coin. Vous allez devoir creuser.

Le chevalier lève son unique main. Aucune chance qu'il creuse !

Quant à la fée, elle lâche :

– Je préfère vous regarder creuser, c'est moins fatigant.

Excédés, Firmin et moi prenons les pelles et commençons à creuser à l'endroit indiqué par le cheval. Jeanne ne creuse pas, mais, toute chèvre qu'elle est, elle reste près de nous, comme pour nous encourager.

Au bout d'une demi-heure, je ne sens plus mes bras. Nous avons à peine ôté ce qu'une pelleteuse aurait déblayé en trois pelletées, mais nous tombons enfin sur une caisse fermée par un cadenas. Plus précisément, nous découvrons une immense boîte en ivoire ornée de dessins bleus qui représentent des scènes de bataille avec la précision d'une bande dessinée.

– C'est magnifique. C'est vous qui avez gravé ça ? je demande.

La demoiselle a un petit rire.

– C'est bien fait, n'est-ce pas ? Formule magique ! Pas le temps de dessiner tout ça, moi !

Le chevalier et la fée nous aident à sortir notre trouvaille tout en se félicitant comme s'ils avaient creusé eux-mêmes. Firmin fait une drôle de tête. Et puis, il murmure presque pour lui-même :

– Je l'ai déjà vue quelque part, cette boîte.

Firmin se trompe rarement, et il est plutôt fiable. Mais là, tout de même, je trouve étrange qu'il ait déjà vu cet objet puisque nous venons de le déterrer.

Tout à coup, la fée a l'air de commencer à se souvenir de quelque chose d'important. Seulement, au moment où elle va prendre la parole, un son cuivré nous déchire les tympans.

– Si bémol, observe Firmin.

Je n'ai pas identifié le si bémol. En revanche, j'ai bien reconnu la corne de brume de dame Chaussetrappe, celle dont le son transforme le lévrier noir en chien des ténèbres. Il faudrait ouvrir la boîte au plus vite, pour que le chevalier récupère sa main et son épée, mais le cadenas est impossible à forcer !

Médor se tourne vers Marceline et grogne :

– Faites sauter la serrure, qu'est-ce que vous attendez !

La fée semble hésiter. Elle cherche ses mots, mais évidemment, le temps qu'elle se souvienne du début du commencement d'un sortilège, les époux Chaussetrappe sont là. La magicienne est emmitouflée dans son écharpe rouge et son mari brandit une hache. Quant à Hadès, le chien aux contours mouvants et aux yeux de feu, il vient d'apparaitre à leurs côtés et semble attendre l'ordre de nous dévorer.

Aussitôt, la chèvre... enfin, Jeanne... tente de charger la magicienne, mais elle n'en a pas le temps. En un clin d'œil, l'écharpe rouge de dame Chaussetrappe glisse autour du cou de ma sœur en un nœud coulant qui l'immobilise aussi sec. Dans le même mouvement, l'autre extrémité de l'écharpe s'enroule autour de nos poignets, à Firmin et moi.

– Personne ne bouge ! grince la magicienne.

D'un geste, elle tire les deux aiguilles à tricoter de sa chevelure et les pointe comme une arme en direction de Médor et de Marceline. Le chevalier et la fée se figent, terrifiés. Quant à Décembre, il est tenu en respect par le grand chien sombre.

– Voilà, tout le monde reste bien sage, ajoute sire Chaussetrappe.

D'un coup de hache, le dépanneur fait sauter la serrure de la boîte en ivoire.

Moi, je sens les larmes monter. Maintenant qu'ils ont l'épée, plus personne ne pourra vaincre les époux Chaussetrappe. Et nous allons tous servir de goûter à la bête maléfique quand elle viendra chercher son butin...

– Et merci pour l'épée, glapit la magicienne.

Elle se penche pour s'en emparer, mais une sorte de fumée sombre et sifflante s'échappe de la boîte et se met à tourbillonner autour d'elle. Son mari voudrait la tirer en arrière, mais il se retrouve emprisonné par la nuée, lui aussi. Quelques instants plus tard, la fumée se dissipe et nous découvrons que les deux voleurs sont statufiés. Transformés en pierre !

Je remarque alors que l'écharpe qui nous ligotait les mains est redevenue une écharpe ordinaire dont je me libère en un clin d'œil. Je me jette au cou de ma sœur, qui me lèche le visage pour manifester sa joie. Firmin est aux anges, lui aussi.

– Que s'est-il passé ? je demande.

La fée, qui n'a pas bronché jusque-là, éclate d'un rire malicieux.

– En voyant la boîte, je me suis rappelé qu'elle était piégée. Ce n'était qu'un leurre que j'avais inventé au cas où... Au moment où j'allais vous le dire, dame Chaussetrappe est arrivée. Alors, je l'ai laissée l'ouvrir...

Notre joie est de courte durée, car bientôt, Hadès, qui n'a pas été changé en statue, revient à la charge, bien décidé à venger ses maîtres.

La fée jette un œil vers la boîte vide, puis constatant qu'elle est brisée, elle chuchote :

– Quelqu'un a une boîte ?

– Un taille-crayon, ça compte ? murmure Firmin.

La fée hoche la tête.

En des gestes lents et mesurés, Firmin ouvre son cartable et en tire son taille-crayon. Ensuite, sur un signe de la fée, il l'ouvre.

La fée fait craquer sa cheville et ordonne :

– À la niche ! Aspirateur aspiré !

À ces mots, dans un sifflement terrible, le chien au corps de nuées est comme avalé par le taille-crayon, que Firmin s'empresse de refermer.

– C'est ton prisonnier, explique Marceline. Je te conseille de ranger soigneusement ce taille-crayon, et de le garder bien fermé... Car quand il sortira, le chien sera de très méchante humeur.

Impressionné, Firmin s'exécute. Il range le taille-crayon, puis remet son cartable sur son dos.

La boîte en ivoire était une fausse, mais elle nous a sauvé la vie. Reste qu'à présent, il nous faut trouver la vraie. Car si sire et dame Chaussetrappe sont hors d'état de nuire, le chevalier va tout de même devoir affronter la bête maléfique. Et sans l'épée, il n'a aucune chance de triompher. Seulement à la question « Où se trouve la vraie boîte ? », la fée des marais n'a pas de réponse.

À défaut de creuser la terre, Marceline se creuse la mémoire, mais c'est Firmin qui, tout à coup, prend la parole :

– Je sais où se trouve la vraie boîte ! lance-t-il. Elle est exposée au musée du Louvre, département des objets du Moyen Âge. J'ai lu un article à ce propos, il y a quelques mois. Une équipe d'archéologues l'a trouvée dans le sol, mais les fouilles ont dû être arrêtées, car le chantier était supposément maudit...

– C'est quoi, le Louvre ? demande le chevalier.

Firmin lui explique. Le Louvre est un musée. Il renferme des peintures, des sculptures, mais aussi des objets précieux.

– Il faut aller la chercher ! réplique le chevalier.

– Il y a des gardiens, rétorque Firmin. Et un système d'alarme.

– Quel genre de système d'alarme ? demande la fée. Plutôt des haches qui tombent du plafond ou plutôt un monstre à trois têtes ? Et les gardiens, quel genre d'armes portent-ils ?

– Aucune arme, aucun monstre. Il y a juste une sonnerie, reliée au commissariat.

– Alors où est le problème ? s'étonne le chevalier. En route ! Nous n'avons pas une minute à perdre !

La fée propose que nous empruntions la dépanneuse, puisque les clés sont toujours sur le contact. Et puis, à vrai dire, nous n'avons pas le choix, nous explique-t-elle. Le domaine des Chaussetrappe est maudit et le véhicule est le seul qui permette de le quitter.

Nous nous rendons donc tous les cinq au garage et grimpons dans l'antiquité. Ensuite, la fée prend le volant. Et nous démarrons en direction de Paris. Je gratouille la tête de la chèvre. Jeanne était contente de faire un tour dans ce véhicule, je me demande si la chèvre l'est aussi...

13
Euclide aux commandes

La vieille dépanneuse est d'une lenteur peu commune et, croyez-moi, le trajet de nos héros jusqu'à la capitale promet de durer des heures. Pendant qu'ils brinquebalent en direction du Louvre, permettez à votre serviteur à plumes de prendre la parole !

Eh oui, c'est Euclide qui vous parle !

Euclide, l'élégant pigeon biset au vol rapide et majestueux !

Euclide, le noble oiseau couleur saphir et à l'intelligence étincelante.

Euclide...

Bref... Le temps que nos héros arrivent à destination, laissez-moi vous conter les aventures du troll et du gardien cannibale...

Ne me dites pas que vous les aviez oubliés ? Si ? Pas très sympa pour eux, qui vont se battre jusqu'à la fin des temps, puisque la fée leur a jeté un sort d'éternité.

À l'instant où je les survole, le troll se fait déchiqueter un morceau d'oreille par le gardien. Mais tout cannibale qu'il soit, l'homme recrache illico le morceau, car la viande de troll a un goût faisandé. Reste qu'après cette attaque, le troll – fou de douleur, de rage et d'humiliation – redouble ses coups. Les armes s'entrechoquent avec une fureur à nulle autre pareille.

Le troll envoie un formidable coup de pied dans le bras du gardien, qui lâche sa hache. Mais en échappant à ce dernier, l'arme s'envole et manque de couper la tête du troll. L'être maléfique ne doit sa survie qu'à un plongeon digne d'un gardien de but. Marceline a raison, jouer avec des objets coupants n'est pas sans danger. Mais il en faut plus au troll pour se laisser abattre. Et il en faut plus au cannibale pour se déclarer vaincu, d'autant que dans sa chute, son ennemi a perdu son cric.

Emportés par leur fureur, les deux adversaires approchent du chantier, celui-là même où Rose et Firmin ont déterré la boîte piégée, celui-là même où sire et dame Chaussetrappe ont été figés en statues de pierre. Mais pour l'instant, les deux adversaires, aveuglés par leur haine, ne voient plus rien du monde qui les entoure. Ce n'est que lorsque le gardien se cogne par hasard à la statue de dame Chaussetrappe qu'il reconnait sa dame, celle qui l'emploie comme gardien de parking depuis des siècles et pour laquelle il nourrit une profonde admiration. Cessant aussitôt le combat, il pose un genou à terre devant le troll et lui fait cette requête :

– Troll, vous qui avez jusqu'ici montré tant de vaillance et de pugnacité, m'accorderiez-vous une trêve ? Car voyez-vous, cette femme et cet homme pétrifiés, ce sont dame et sire Chaussetrappe, qui ne sont autres que ma dame et mon seigneur. J'ignore qui leur a jeté cet abominable sortilège, mais je dois les délivrer, il en va de mon honneur. Mais soyez assuré que sitôt leur tort réparé, je reprendrai le combat contre vous sans faillir.

Le troll écoute le gardien et lui accorde bien volontiers cette grâce. Non qu'il soit fatigué, mais bien parce qu'à force de se battre contre lui il a conçu force estime pour le courage de son adversaire et il voit bien que grande est la peine du fidèle gardien quand il découvre ses maîtres réduits à un si lamentable état.

– Non seulement je vous accorde cette trêve, gardien, réplique le troll. Mais je vais vous aider, car je sais comment désenvoûter votre dame et votre seigneur.

Hein ?! Désenvoûter sire et dame Chaussetrappe ? Oh là là... Si je m'attendais à ça ! Vite ! Je dois intervenir ! Vite ! Prévenir les enfants ! Il n'est plus temps de voleter dans la forêt. Direction Paris, et façon fusée !

14
C'est combien, le billet d'entrée au musée, pour les chèvres ?

En plus d'être inconfortable, la vieille dépanneuse est d'une lenteur affligeante. Nous qui voulions arriver de nuit, discrètement, en espérant craquer le système d'alarme du Louvre, c'est complètement raté. Parcourir les quelques kilomètres de route jusqu'à Paris nous a pris des heures et nous déboulons sur le parking souterrain du musée pile pour l'ouverture, en même temps que les cars de touristes.

Dans la file d'attente pour entrer dans le bâtiment, tous les regards se tournent vers nous. Il faut dire que nous détonnons... Le chevalier porte une sorte de pantalon de cuir et de chemise en cotte de mailles qui gagneraient beaucoup à passer à la machine à laver. La fée se promène en salopette bleu pétrole. On pourrait à la rigueur la prendre pour une électricienne ou un plombier, mais les traces de boue et les gros *schpouitch schpouitch* qu'elle laisse à chaque pas créent le malaise. Firmin et moi ne valons pas beaucoup mieux, question look. Nous sommes tombés dans un lac, et ça se voit. Nous avons dormi au milieu des chèvres, et ça se sent. Tous les quatre réunis, nous n'avons aucune chance de passer inaperçus.

Alors avec une chèvre, en plus...

Lorsque nous arrivons aux contrôles de sécurité qui permettent d'entrer sous la pyramide du Louvre, l'accès nous est tout simplement refusé. Et sans discussion.

J'ai renoncé à demander des interventions magiques à la fée, puisqu'en général, ses formules fonctionnent de traviole. Heureusement, une idée me vient : étant donné que la fée a l'air de sortir d'un atelier, je propose que nous passions par l'entrée de service.

– Nous pourrions faire croire que nous apportons une sculpture dans les réserves, une sculpture de chèvre. Si Jeanne se fige un instant, ça peut faire illusion...

Firmin approuve :

– Excellente idée. La chèvre pourrait passer pour une œuvre de Michel-Ange !

Nous descendons donc au sous-sol et la fée se présente à l'entrée des réserves du musée. Derrière elle, le chevalier porte la chèvre, qui s'est raidie comme si elle était un objet d'art. Firmin et moi, nous nous sommes planqués un peu plus loin, prêts à nous glisser dans leur sillage.

– Bonjour madame, je ramène *La chèvre au pied tacheté*, jette négligemment Marceline.

À l'accueil, la femme chargée d'enregistrer les arrivées et les sorties d'œuvres se montre perplexe. Malgré la décontraction et l'assurance de la fée, elle a du mal à croire que l'œuvre ne soit pas empaquetée.

– *La chèvre au pied tacheté*, la sculpture de Michel-Ange ! insiste la fée. Je l'ai restaurée. Elle est plus vraie que nature...

La femme, toujours suspicieuse, consulte son registre.

– *La chèvre au pied tacheté* ? reprend-elle. Je ne vois aucune trace de demande de restauration ni aucune œuvre portant ce titre. Patientez un instant, je vous prie.

La réceptionniste quitte alors son poste, pour aller demander à sa cheffe si la sculpture doit bien regagner les réserves. C'est le moment que nous choisissons pour foncer.

Quelques instants plus tard, nous déambulons dans les réserves, sous le musée. Le Louvre est un vrai labyrinthe, mais Firmin, qui a un sens de l'orientation digne d'un GPS en état de marche, nous guide dans les souterrains. Quelques couloirs et ascenseurs plus tard, nous refaisons surface dans le département des objets d'art.

Cuillères, casseroles, salières, chaussures, tapisseries... Cette partie du musée abrite toutes sortes d'objets anciens. Firmin commence déjà à s'extasier, moi je réprime un bâillement. Quoi qu'il en soit, cette partie du Louvre est complètement vide. Les seuls touristes que nous croisons se sont perdus sur le chemin de la Joconde et ils traversent la salle au pas de charge en demandant leur route aux gardiens. À vrai dire, heureusement qu'il n'y a aucun visiteur, car les rares personnes qui nous croisent nous regardent avec stupeur et certains prennent même des photos !

Comme nous scrutons les vitrines à la recherche de la boîte contenant la main et l'épée du chevalier, un étrange phénomène se produit. Il y a de plus en plus de monde. Et nous comprenons rapidement que les touristes ne viennent pas admirer les vieilles théières en faïence : c'est nous qu'ils cherchent.

Il semblerait que des visiteurs aient posté nos trombines sur les réseaux sociaux. La nouvelle de gens farfelus aux looks extravagants arpentant l'aile des objets anciens en compagnie d'une chèvre s'y est répandue comme une trainée de poudre. Les touristes ont délaissé la Joconde et la *Victoire de Samothrace* et ils affluent en masse pour venir nous photographier, nous.

Aussi, quand le chevalier trouve enfin la vitrine contenant la boîte, non seulement la salle est bondée, mais en plus, tout le monde nous regarde.

– On peut rien voler, là, grince Firmin. Il y a trop de monde !

– Attendez, je murmure. J'ai une idée.

Et je donne un grand coup de poing dans le petit boîtier de l'alarme à incendie, pile à l'endroit où on lit « brisez la glace ». Une sonnerie stridente retentit. Les visiteurs s'affolent. Tout le monde court en direction de la sortie. En quelques secondes nous sommes seuls dans la salle.

– Et voilà ! je triomphe. En plus, quand nous briserons la vitrine, l'alarme antivol sera couverte par l'alarme à incendie.

Face à la vitrine, Médor est ému. Dans la boîte ouverte, sa main est là, refermée sur son épée. On dirait le fragment d'une sculpture : la main est en plomb, comme l'était le chevalier lui-même, et l'épée qu'elle tient scintille si fort qu'elle semble taillée dans du diamant.

Impatient de récupérer cette partie de lui-même, le chevalier donne un coup de pied dans l'étagère. Le verre se brise. Et l'alarme antivol se déclenche immédiatement. Seulement, elle n'est pas du tout masquée par le hululement de l'alarme à incendie ! Bien au contraire ! Le sifflement est si puissant qu'on n'entend plus que lui ! Et déjà, une cavalcade nous annonce l'arrivée du service de sécurité.

– Remettez vite votre main ! je dis. Vous pourrez repousser les policiers.

Le chevalier secoue la tête.

– Impossible. Il me faut de la place. L'opération est magique et risque de faire beaucoup d'étincelles. Je ne voudrais blesser personne.

Il tend l'épée à Firmin :

– Ça t'ennuie de la ranger dans ton cartable, s'il te plait ?

Firmin n'a pas le temps d'accepter que nous sommes encerclés par une dizaine d'hommes et de femmes armés. La police.

– Vous êtes en état d'arrestation ! lance le chef.

– Je récupère ce qui m'appartient ! proteste le chevalier. Ma main. Mon épée !

Insensible à l'argument, le policier ordonne :

– Posez délicatement l'œuvre d'art à vos pieds et levez les mains en l'air sans aucun geste brusque.

À côté de moi, la chèvre tourne sur elle-même, l'air de chercher comment elle pourrait charger, mais nous sommes encerclés, et les policiers sont armés.

– Embarquez-moi tout ça ! ordonne le chef. Et emmenez la chèvre à la SPA !

Hein ? Jeanne à la SPA ? Impossible !

La fée a l'air de se creuser la cervelle pour trouver une formule, mais de toute évidence, elle sèche. Déjà, l'un des hommes s'apprête à la menotter, lorsque Firmin, avec son air de premier de la classe, demande timidement au chef des policiers :

– S'il vous plait, monsieur, je peux prendre quelque chose dans mon cartable ?

L'homme est un peu décontenancé par la question, mais Firmin semble si innocent qu'il n'éveille pas les soupçons.

– T'as besoin de quoi, gamin ?

– De mon taille-crayon.

Le policier fronce les sourcils. Je pense qu'il nous a classés dans la catégorie des fous furieux. Alors, sans chercher à comprendre, il hausse les épaules.

– Vas-y, oui.

Firmin pose son cartable à terre et il en sort la petite boîte, celle qui renferme le grand chien sombre. Et il l'ouvre au milieu du Louvre !

En moins de temps qu'il ne faut pour dire « ouaf », une nuée de cendres tourbillonnantes surgit : Hadès vient de jaillir hors de sa niche. Firmin, gagné par une soudaine confiance en lui, ordonne d'une voix forte :

– Attaque !

Le chien magique obéit. Son corps fait de cendres et de nuées se jette sur les policiers, qui se dispersent en poussant des cris épouvantables. Mais plus rapide qu'une ombre, plus terrible qu'une apocalypse, le chien les course tous à la fois !

Firmin range comme il peut l'épée dans son cartable et nous rejoignons le parking au triple galop. Une fois dans la dépanneuse, Firmin ressort le mouchoir de la fée, celui qui fonctionnait comme un amplificateur magique, et il se mouche en faisant sonner son nez comme un ré.

Aussitôt le chien de cendres parait au bout du parking, reprend sa forme de lévrier et bondit dans la dépanneuse. Hadès se couche à côté de Firmin, qui n'a pas le cœur de l'enfermer de nouveau dans son taille-crayon...

Marceline met les gaz. Et nous prenons la route... à la vitesse d'une tortue sous tranquillisants.

15
C'est un hold-up, vraiment ?

La fée et le chevalier sont si heureux d'avoir accompli cette mission qu'ils chantent à plein volume dans la dépanneuse. Ils chantent fort. Et ils chantent faux. Firmin se bouche les oreilles, Hadès grince des dents. Moi, je souris. Nous avons l'épée ! Dans quelques heures, le chevalier terrassera la bête, la malédiction du domaine de Chaussetrappe tombera et tous les prisonniers retrouveront forme humaine ! Je serre la chèvre contre moi et malgré les voix de casserole des deux chanteurs, je dodeline de la tête en rythme.

Lorsque nous quittons le périphérique parisien et que nous nous engageons sur la route qui mène chez les Chaussetrappe, le silence se fait à bord de la dépanneuse. Un épais brouillard flotte sur le bitume et on y voit de moins en moins. La route semble déserte. Personne n'est très rassuré. Médor affiche une mine de plus en plus soucieuse. Je le comprends. Il a beau avoir une épée magique, le combat contre la bête promet d'être rude. Et puis, sire et dame Chaussetrappe sont pétrifiés, mais les habitants de leur royaume vont probablement tenter de les défendre et nous empêcher d'agir.

Soudain, j'aperçois Euclide. Le pigeon se jette presque sur la dépanneuse. Il est tout ébouriffé, comme s'il avait volé vite et longtemps. J'ouvre la fenêtre et l'oiseau se précipite à l'intérieur. Il est très agité, comme s'il voulait me faire comprendre quelque chose.

Tout à coup, dans le lointain, une masse s'agite au milieu du brouillard. Quelque chose de gigantesque approche. Je plisse les yeux. On dirait un véhicule. Quelques secondes encore et le doute n'est plus permis : deux immenses pelleteuses roulent vers nous, à contresens.

La fée envoie une volée de coups de Klaxon.

– Hé ! Vous roulez à l'envers !

Les avertissements ne font pas ralentir les deux engins. Bien au contraire, ils accélèrent ! Je ne comprends pas, d'abord. Puis je ne comprends que trop bien.

– Elles nous foncent dessus !

– La petite a raison, crie le chevalier. Faites demi-tour, Marceline !

Il est trop tard pour opérer un demi-tour. La fée tente alors une marche arrière, mais – horreur – deux autres engins de chantier déboulent derrière nous. Des rouleaux compresseurs ! Ma gorge se noue. Mon cœur s'emballe. Nous sommes cernés !

La fée donne un brusque coup de volant à droite, espérant fuir par le bas-côté. Trop tard... L'une des pelleteuses anticipe le mouvement et nous coupe la route tandis qu'un des rouleaux compresseurs nous bloque par le côté gauche.

Coincés entre les quatre engins de chantier, nous n'avons d'autre choix que de nous immobiliser. Dépitée, Marceline coupe le contact. Aussitôt, des soldats surgissent de toute part et encerclent à leur tour la dépanneuse.

Ensuite, une voix s'élève. Ça vient d'une des pelleteuses.

– Descendez du véhicule les mains en l'air ! ordonne-t-elle.

Dame Chaussetrappe ? Comment est-ce possible ? Sur mon épaule, Euclide roucoule tristement. Sire et dame Chaussetrappe ont été libérés, voilà ce qu'il voulait nous dire...

Un soldat ouvre la porte de la dépanneuse et, avant que nous n'ayons pu tenter quoi que ce soit, on nous tire hors du véhicule. Dame Chaussetrappe est devant nous. Enrubannée dans son immense écharpe rouge, elle ricane.

– Vous pensiez vraiment vous débarrasser de nous ? Un troll nous a délivrés, bande de nouilles !

– Un troll ? je bafouille.

Le visage triomphant, la châtelaine pointe ses deux aiguilles à tricoter sur Firmin. L'épée dépasse largement du sac de classe, et elle l'a repérée tout de suite.

– Trêve de bla-bla, reprend la châtelaine. Donne-moi ton cartable, toi.

Agrippé à son sac comme à une bouée de sauvetage, Firmin secoue la tête d'un air farouche.

– Non !

– Non ? ricane dame Chaussetrappe. C'est ce qu'on va voir !

Elle entrechoque ses deux aiguilles à tricoter. Un léger tintement se fait entendre et aussitôt, son écharpe rouge s'anime. Avec la rapidité d'un crotale, la laine glisse autour des poignets de Firmin. Avec la force d'un boa constricteur, elle s'y enroule. Dans un cri de douleur, mon ami lâche son cartable, qui contient l'arme du chevalier.

Dame Chaussetrappe le récupère puis le tend à Valentine.

– Emmenez ça en lieu sûr, ma chère.

La servante hoche la tête et disparait dans la forêt, escortée par deux soldats.

– Mon épée ! Ma main ! se lamente le chevalier.

– Mon cartable ! se lamente Firmin.

Sire Chaussetrappe s'avance.

– Qu'est-ce qu'on fait d'eux ? demande-t-il.

– On va les offrir à la bête en guise d'extra, grince dame Chaussetrappe.

Quoi ?

J'ouvre la bouche pour protester, mais je n'en ai pas le temps. Dame Chaussetrappe vient de faire tinter ses aiguilles une nouvelle fois. La tête me tourne aussitôt. Dans un vertige, je vois deux cornes pousser sur le sommet du crâne de Firmin. La fée se retrouvre affublée d'une barbichette. Le chevalier se tord dans tous les sens. Ce que je vois me hérisse le poil. D'ailleurs... Je tends le bras devant moi. Il est couvert de poils blancs ! Et ma main... Ma main est un sabot fendu et...

Beurk... Bêêêêrk !

Qui brame comme ça ?

Ne me dites pas que... Je me transforme en chêêêêêêêêêvre !

Au secou... Bêêêêêêê !

Bêêêêêêê !

16
Euclide aux manettes

Oh là là...

Rose, Firmin, le chevalier et la fée ! En un tintement d'aiguilles à tricoter, les voilà transformés en chèvres ! En chèvres ! Rose a une robe blanche mouchetée, Firmin une robe noire avec une tache blanche pile sur l'œil. Ça leur va bien. Mais pas sûr que ça leur plaise...

Plus personne n'étant en mesure de raconter, je prends le relais... Croyez-moi, vous gagnez au change. Personne n'a envie d'entendre une histoire racontée par une chêêêêêêêvre. Parce que, sans vouloir balancer, la chèvre pousse le pire cri du règne animal ! Elle dévisse n'importe quelle oreille, surtout une oreille aussi raffinée que le mienne.

Bref...

Revenons à nos moutons. À nos chèvres, plus précisément. Si j'étais un humain, je dirais que nous nageons en plein désastre. Je suis un pigeon, je ne sais pas nager... nous *volons* en plein désastre. Le crash n'a jamais été aussi proche !

Dès que mes amis ont terminé de se transformer, la maudite écharpe serpent de dame Chaussetrappe s'est enroulée autour de leurs cornes et les attache les unes aux autres. Plus moyen de fuir !

Pauvre Rose ! Pauvre Firmin ! Terrorisés, ils bêlent à qui mieux mieux. Ça me fend le cœur ! Ça me fend les tympans, aussi. Mais je prends sur moi...

Les cinq chèvres arrivent sur le parking du restoroute et rejoignent le reste du troupeau. À vue de bec, je dirais qu'elles sont pile cinquante, et elles sont toutes attachées entre elles par les cornes au moyen d'une très longue écharpe de laine rouge sang.

Posé sur le toit d'un vieux fourgon de police, j'observe. Devant la porte du restoroute, un autre troupeau s'est rassemblé : un troupeau humain. Tous les habitants de l'aire de Chaussetrappe sont là et ils accueillent sire et dame Chaussetrappe avec des cris de joie.

– Bravo !

– Le compte y est !

– Nous avons les cinquante chèvres !

– À nous l'éternité !

Bêêêêêêêêê ! Un cri attire mon attention. Je baisse la tête. Une chèvre m'a repéré et elle bêle à mon intention. Le pauvre animal tire sur l'écharpe pour tenter de s'en délivrer, mais il n'a pas assez de force. Je m'approche. C'est Rose, je la reconnais à son pelage moucheté. Je ne comprends pas ce qu'elle me dit, mais mon cœur de pigeon se craquelle... Je parie qu'elle m'a reconnu et elle compte sur moi pour les délivrer... Mais que faire ? Je suis – en toute modestie – le pigeon biset le plus intelligent de tout Paris, mais que puis-je contre une magicienne ? En deux coups d'aiguilles magiques, elle va me transformer en verrue plantaire !

Soudain, dame Chaussetrappe se place au centre du parking. Chèvres et humains, tout le monde la regarde. Le silence pèse dix tonnes quand, avec la pointe de ses aiguilles à tricoter, elle trace un grand cercle autour d'elle. Aussitôt, de la lave en fusion suinte du bitume, comme si le parking était posé sur un volcan ! Ensuite, debout au centre du cercle, dame Chaussetrappe se livre à une danse grotesque.

Les humains, parfois, ça me fait roucouler de rire tellement c'est ridicule, mais, là, j'ai envie de pleurer de tristesse. Je devine que la magicienne est en train d'appeler la bête maléfique, celle qui va dévorer toutes les chèvres...

Il est temps d'agir...

Si seulement je réussissais à lui piquer ses maudites aiguilles magiques... Mais comment y parvenir ? Je n'ai aucun pouvoir magique, moi. À moins que...

Je suis le pigeon le plus raffiné de tout Paris, mais j'utiliserais bien une astuce de pigeon... Une arme horrible, déloyale et assurément vulgaire... Pas le choix !

Observez plutôt...

D'un coup d'aile discret, mais néanmoins puissant, je fonce vers dame Chaussetrappe avec la détermination d'un avion de chasse. Et au moment où je lui passe sous le nez – *Sploutch !* – je lâche une bombe !

Entendez, je lâche un bon gros caca de pigeon tout frais plus glissant qu'une flaque de shampoing...

Trop concentrée sur ses gesticulations magiques, la châtelaine n'a rien vu passer, mais au moment où sa bottine se pose sur ma flaque – *swiiiitch* – la voilà qui glisse et qui s'étale de tout son long.

Pas le temps de se marrer !

Dans sa chute, la magicienne a lâché ses aiguilles et je n'ai pas une seconde à perdre. En un piqué aussi magnifique qu'efficace, je fonce au sol. Là, je ramasse les deux aiguilles dans mes puissantes serres de pigeon biset champion du monde et – *wiiiiiiz* – d'un vigoureux coup d'aile, je remonte vers le ciel.

Ah ah ah ah ! Maintenant j'ai le temps de me marrer !

Avant que la magicienne ne comprenne ce qui se passe, je suis déjà haut dans le ciel. Enfin... Heu... Pas si haut, en réalité. Il y a un truc que je n'ai pas prévu... Les aiguilles magiques dégagent une sorte de force magnétique qui me gêne pour piloter. On dirait qu'elles pèsent des tonnes. J'ai beau battre des ailes, je zigzague et je peine à avancer. Je suis même obligé de me poser en catastrophe sur un lampadairc, pour reprendre mon souffle.

Quand dame Chaussetrappe a perdu ses baguettes, l'écharpe rouge qui attachait les chèvres les unes aux autres a commencé à se défaire et les chèvres gigotent dans tous les sens. C'est un bon début... Mais ça ne suffit pas, car les soldats tentent de maintenir l'ordre. Je réfléchis à la suite lorsque, tout à coup, dame Chaussetrappe me pointe du doigt. Avant que j'aie le temps de comprendre, sire Chaussetrappe dégaine la corne de brume, celle qui sert à appeler le grand chien magique, et un si bémol tonitrue dans le ciel d'hiver.

En un clin d'œil, le grand chien noir composé de cendres, de chauves-souris et d'oiseaux non homologués prend son envol. Et en un quart de clin d'œil, il me flaire.

Mince, je n'avais pas prévu ça.

Les aiguilles magiques dans les pattes, je reprends mon envol, mais je vacille. Déjà je sens le souffle de l'animal volant m'ébouriffer les plumes !

Au secoooooooours !

Ma trajectoire se met à ressembler furieusement à celle d'une patate qui va s'écraser sur le sol. Mes forces m'abandonnent et déjà, la bête ouvre la gueule pour m'engloutir.

Oh non... Quelle tristesse !

Pardon, Rose.

Adieu, Firmin...

Soudain, un bêlement fend le silence. Un bêlement qui me dézingue le tympan. Ouch... Quelle horreur, ce cri ! Mais... ne serait-ce pas un ré ? Oui, c'est un ré ! Le troupeau de chèvres tout entier entonne un retentissant ré – la note qui rappelle Hadès à la niche. L'instant d'après, le chien me lâche les plumes et reprend sa place au pied de dame Chaussetrappe.

Roouahahaha ! J'en roucoule de joie !

C'est un coup signé Rose et Firmin, j'en suis certain. D'ailleurs, la chèvre Rose fonce tête baissée dans le postérieur de sire Chaussetrappe. Sous le choc, sa corne de brume lui échappe et tombe à terre. L'homme la ramasse prestement et, déjà, la porte à ses lèvres pour ordonner au chien de repartir au combat. Mais heureusement pour moi, l'instrument s'est désaccordé en tombant... Le si bémol n'est plus très juste et son maître à beau sonner, Hadès ne bouge pas d'une oreille.

Sauvé de justesse, je me pose sur un arbre, et je récapitule.

Bonne nouvelle numéro 1 : je suis toujours en possession des aiguilles magiques de dame Chaussetrappe.

Bonne nouvelle numéro 2 : le chien volant magique est à la niche.

Reste un très très gros problème : comment retransformer les chèvres en humains ?

Je n'ai pas le temps d'y réfléchir que déjà, le sol gronde sous le bitume. Un tremblement de terre ? Non, c'est la bête ! Elle arrive !

Urgence oblige, je décide de tenter le tout pour le tout. Une aiguille dans chaque patte, je survole le troupeau de chèvres en pensant très fort :

– Redevenez humains !

Quand j'ai survolé le troupeau, j'effectue un demi-tour pour admirer mon œuvre... Et je manque de tomber raide : les aiguilles magiques ont fonctionné, mais pas exactement comme je le voulais... Non seulement les humains qui étaient des chèvres sont toujours des chèvres... Mais les humains qui n'étaient pas encore des chèvres sont devenus des chèvres ! Dame et sire Chaussetrappe, Valentine-Alix, les soldats... Il n'y a plus que des chèvres sur le parking ! Elles sont cent, elles sentent le danger, et c'est le chaos absolu...

Oh non... Qu'est-ce que j'ai fait ?

Sous le choc, je m'écrabouille sur le bitume. Ouille. Rose, qui me suivait du regard, se précipite sur moi et mâchouille les aiguilles. Aussitôt – pouf ! – la voici qui se retransforme en fille ! Comment a-t-elle fait ça ?

Avant que les autres chèvres ne remarquent ce qui se passe, Rose ramasse les aiguilles.

Après les avoir planquées dans sa manche, la petite fille me prend délicatement dans ses mains.

– Bêêêerci, Euclide, murmure-t-elle. J'ai tout vu, t'as fêêêêê du beau boulot !

Rose a l'air encore un peu tourneboulée... Mais je lui rends la parole !

Ouf...

Est-ce qu'on peut considérer que j'ai accompli ma mission ?

17
Tu veux te battre ?

Mes mains sont redevenues des mains. Sur ma peau, les poils blancs ont disparu. Je me tâte le crâne. Plus de cornes...

Ouf...

– Merci Euclide !

Le pigeon s'est posé sur mon épaule. Il a l'air épuisé, le pauvre.

J'ai retrouvé mon apparence humaine, mais pour le reste c'est la catastrophe. Tout le monde est en chèvres ! Certes, j'ai les aiguilles à tricoter magiques, mais comment m'en servir sans provoquer une nouvelle catastrophe ?

Je m'apprête à faire un essai sur un arbre quand, dans un terrible craquement, le rond qu'a tracé dame Chaussetrappe dans le bitume se gondole puis saute comme un couvercle !

Et là, aussi simplement que s'il sortait d'un sous-marin, un épouvantable monstre dont le corps est fait de lave et de flammes s'extirpe du trou. La bête ! Elle a le corps d'un homme et la tête d'un taureau démoniaque.

À son arrivée sur le parking, elle grogne et toutes les chèvres se réfugient derrière moi. Comme si je pouvais les protéger, moi dont le cœur est sur le point de rompre !

La bête fait un pas dans ma direction.

– Je vois que le butin est prêt, ronfle-t-elle.

À part le bruit de mes dents qui s'entrechoquent de trouille, aucun son ne sort de ma bouche. Que faire ? J'ai les aiguilles magiques... mais j'ignore comment m'en servir.

Je tente alors le premier truc qui me passe par la tête. Je pointe les aiguilles vers le monstre en hurlant :

– Disparais, monstre !

Échec.

Non seulement le monstre est encore là, mais en plus il me gratifie d'un effroyable rugissement. Tout tremble et les aiguilles à tricoter volent en éclats.

Oh non... Je sens les larmes monter. Je n'ai plus aucune chance de terrasser la bête !

De son côté, la créature ricane puis commence à siffloter. Aussitôt, les chèvres, dociles, s'avancent en file indienne en direction du trou dans le bitume. Elles sont comme hypnotisées !

Soudain une chèvre me percute. Je me retrouve par terre sans comprendre et quand je lève le nez, je n'en crois pas mes yeux. La chèvre qui vient de charger n'est autre que Firmin. Il déboule de la forêt et il n'a donc pas entendu le sifflement qui a envoûté ses congénères. Mon ami a retrouvé son cartable, qu'il tient entre ses dents. Firmin considère son sac de classe comme une extension de lui-même. Il a décidément un sixième sens pour le localiser.

Le connaissant, il doit m'en vouloir à mort.

– Je suis désolée, Firmin. Et moi-même je...

La chèvre me pousse derrière le restoroute. Là, elle ouvre le cartable d'un coup de dent, prend l'épée du chevalier et me la tend.

– Je ne comprends pas... Tu voudrais que je me batte ? Seul le chevalier peut utiliser cette épée et...

Firmin se met alors à bêler comme un fou. Être une chèvre lui retourne probablement le cerveau, car je n'ai objectivement aucune chance de vaincre la bête. Pourtant, Firmin insiste. Après tout, je peux essayer, si ça lui fait plaisir. Je lui dois bien ça...

– Je vais tenter le coup, je murmure.

La main en plomb qui tient l'épée est creuse. J'y glisse la mienne comme dans un gant. À l'instant même, le métal se plaque sur mes doigts et l'arme, qui brillait déjà très fort, se met à scintiller comme un sabre laser ! Décembre, comme s'il avait été attiré par l'éclat, fait son apparition et se plante devant moi.

Comment est-ce possible ? Je croyais que la magie de l'épée ne pouvait être activée que par le chevalier.

– Eh ! Je comprends ! Médor a expliqué que l'épée fonctionne pour un chevalier au cœur pur et sincère ! Je ne suis pas chevalière, mais avec mon âme de saint-bernard, j'ai un cœur pur et sincère !

Firmin me jette un bêlement impatient.

– Tu avais compris dès le début ?

Un nouveau bêlement, agacé cette fois, me répond. Il a raison, le moment est mal choisi pour s'envoyer des fleurs. Sans plus tarder, je grimpe sur le dos de Décembre.

Le cheval connait son boulot : il s'élance au galop en direction de la bête. Sur son dos, l'épée dans la main gauche, je m'accroche comme je peux de la droite à la selle. Décembre est plus confortable qu'un fauteuil, mais j'ai tout de même l'estomac qui tangue au moment où nous surgissons de derrière le restoroute.

En plus du saint-bernard, je tiens aussi probablement du chihuahua sans cervelle... Car même équipée d'une épée magique, quelles sont mes chances de gagner le combat contre cette bête magique de flammes et de lave ?

À peu près aucune.

Trop tard !

Surprise par le bruit des sabots sur le bitume, la bête, qui s'apprêtait à jeter la première chèvre dans son royaume souterrain, se retourne vers nous.

– Bats-toi, créature ! je lance.

– Je vais vous broyer, ton cheval et toi, fillette impertinente ! s'amuse le monstre.

Je n'ai pas le temps de dire *gloups* qu'une boule de feu fond sur nous. Le cheval l'évite d'un écart.

Je m'agrippe à la crinière, mais j'ai failli tomber. Résultat, lorsque le cheval, qui continue sa course, frôle le monstre à tête de flammes, je loupe ma chance : il aurait fallu le frapper d'un coup d'épée, mais j'étais trop occupée à me maintenir en selle !

Le cheval s'éloigne pour reprendre son élan et, lorsqu'il fait volte-face, je manque une nouvelle fois de passer par-dessus bord. Je savais, j'aurais dû dire non... Non à tout !

Déjà, le cheval repart à la vitesse d'une locomotive et fonce sur le monstre. Il nous attend, bras croisés, sourire sadique. Courageux, le cheval ne dévie pas sa course. Moi, je tremble de tous mes muscles.

Oh là là. C'est à moi de jouer, là, c'est ça ?

Au moment de croiser le monstre, je lève l'épée en poussant un cri de karatéka. Très calme, la bête se contente d'approcher sa main de feu de l'encolure de Décembre. Le cheval se cabre de douleur. Et avant d'avoir pu frapper, je m'envole. L'épée à la main, j'exécute un genre de saut périlleux totalement incontrôlé. Je pousse un cri de terreur, mais alors que je m'attends à finir en crêpe sur le bitume, je me retrouve à califourchon sur un nouvel animal. Une chèvre ! Je reconnais Jeanne, qui sans me laisser le temps de reprendre mes esprits, fond droit sur la créature souterraine.

Le dos de la chèvre est moins confortable que celui de Décembre, mais je m'agrippe comme je peux. Jeanne fonce et je comprends pourquoi : la bête nous tourne le dos. Occupée à chasser le cheval, qui l'asticote pour la distraire, elle ne nous voit pas arriver. Je lève alors une nouvelle fois mon épée et, dans un cri rageur, je fends l'horrible monstre en deux dans le sens de la largeur. Il tend sa main de feu pour m'attraper, mais Jeanne et moi sommes déjà hors de sa portée. Il tente de nous lancer une boule de feu, mais avant d'en avoir eu le temps, il explose en milliards d'étincelles qui font comme un feu d'artifice.

Le crépitement des flammes se confond avec les cris de chèvre. C'est la pagaille. Dès que le monstre a éclaté, les caprins se sont mis à trembloter et à se déformer. Quelques secondes plus tard, une centaine de personnes se retrouvent sur le parking, incrédules, hagardes, l'air dc se demander ce qui vient de leur arriver.

À peine les occupants du restoroute ont-ils retrouvé leurs bras et leurs jambes que sire et dame

Chaussetrappe cherchent à nous attaquer Firmin, Marceline, Médor et moi. Heureusement pour nous, ils n'en ont pas le temps, car ils se mettent à vieillir. Et à la vitesse de la lumière ! Les habitants de l'aire d'autoroute sont âgés de mille ans, en réalité. Maintenant que la bête maléfique avec qui ils avaient conclu un pacte d'éternité est morte, ils se dessèchent d'un seul coup jusqu'à devenir si friables qu'ils se désagrègent comme un tas de sable sous l'effet du vent.

Seuls le chevalier et la fée échappent à la mort, probablement parce qu'ils ont été victimes d'un sortilège qui a suspendu le temps.

– Rose Asphalte, menace une voix dans mon dos. Je te déteste...

Je me retourne. C'est Firmin.

Il fait la tête, mais un sourire en coin nait sur son visage quand il ajoute :

– ... Mais je dois avouer que tu t'es bien battue. Merci de nous avoir délivrés.

Trop heureuse de retrouver mon ami, je le prends dans mes bras. Même s'il ronchonne que plus jamais il ne m'accompagnera nulle part, il se laisse faire. Nous sommes rapidement rejoints par Jeanne, qui nous serre à son tour contre elle.

– Bien joué, Rose ! murmure-t-elle.

Une clameur et des applaudissements mettent fin à nos retrouvailles. Nous nous retournons. Tous les prisonniers du restoroute se sont regroupés sur le parking pour nous applaudir et nous féliciter à grands cris. Parmi les gens qui viennent de retrouver leur liberté, je vois des ouvriers de la voirie, un groupe de touristes, une famille de vacanciers, trois motards... Tous ces gens, qui ont eu la malchance d'emprunter la route qui passe le long de l'aire de Chaussetrappe, sont maintenant sauvés.

Firmin, Jeanne, Marceline, Médor et moi, nous sommes un peu les héros du jour et les compliments pleuvent. Quand Euclide se pose sur mon épaule, j'explique à l'assemblée que si le sortilège est tombé, c'est grâce à lui, qui nous a apporté l'appel de détresse de Marceline. Un tonnerre d'applaudissements vient saluer le pigeon, qui roucoule de bonheur.

Il s'est remis à neiger et nous nous réfugions dans le restoroute. La grande salle est vide, et je devine que, dans la bibliothèque, le feu de cheminée s'est éteint. La fée et le chevalier décident de passer derrière le bar pour servir des chocolats chauds à tout le monde. Marceline est très maladroite et ne cesse de provoquer des catastrophes, mais le chevalier s'en sort plutôt bien. Autour du bar, les conversations vont bon train. Nous savons déjà que personne ne croira à toute cette aventure, mais tous les naufragés de l'aire de Chaussetrappe se promettent de se revoir bientôt.

La soirée est bien avancée quand chacun retourne à sa voiture pour reprendre la route. Avant de partir nous aussi, nous savourons un dernier chocolat avec Marceline et Médor.

– Qu'allez-vous faire, à présent ? je demande.

Les deux apprentis serveurs se jettent un regard entendu.

– On reprend le restoroute, explique le chevalier.

– On va le retaper pour en faire une auberge agréable, renchérit la fée.

Tout en essuyant le chocolat qu'elle vient de renverser, elle propose :

– J'ai besoin de stagiaires décoration, ça vous tente, les enfants ?

– Non merci ! réplique Firmin du tac au tac.

– Mais nous viendrons déjeuner chez vous quand les travaux seront terminés, j'ajoute.

La fée nous fait un clin d'œil.

– Avec l'aide de quelques formules magiques, les réparations devraient aller vite.

Mouais... Ou très lentement...

***

Quel bonheur de se retrouver à l'arrière du taxi de Jeanne ! Si j'étais un pigeon, j'en roucoulerais de bonheur. Nous roulons en direction de Paris et le temps est toujours à la neige. Soudain, dans le halo d'un lampadaire, à l'entrée de l'autoroute, une silhouette attire notre attention : un jeune homme, l'air frigorifié, fait du stop. Et il croule sous les bagages ! Une paire de skis, des bâtons, un surf, une luge et trois sacs... Il est trop chargé ! Aucune chance que quelqu'un ne l'embarque !

– Dimitri ! crie Firmin. Qu'est-ce qu'il fait là ?

Jeanne, aussitôt, s'arrête à sa hauteur. Dès qu'il nous voit, le visage de Dimitri s'éclaire. Il entasse ses affaires comme il peut dans le coffre et dans le taxi, puis s'installe à côté de Jeanne.

– C'est malin, ronchonne Firmin coincé entre les skis. On n'a plus du tout de place, maintenant !

– Quelle chance de tomber sur vous ! soupire Dimitri. J'ai cru que personne ne s'arrêterait jamais !

– On devait venir te chercher à l'arrêt de car, répond Jeanne. Mais on a eu, disons... des ralentissements.

Là, il voit nos têtes exténuées.

– Euclide a-t-il quelque chose à voir là-dedans ?

– On te raconte tout dès qu'on arrive, promet Firmin.

Bien au chaud dans le taxi, je commence à somnoler. Nous venons de rentrer dans Paris et je regarde mollement par la fenêtre. Jeanne s'est arrêtée à un feu. Nous serons bientôt chez nous. Soudain, un grand lévrier noir traverse la route, juste devant la voiture. Il se fige un instant au milieu du passage piéton, tourne vers nous de grands yeux sombres, puis s'en va d'un pas léger.

Hadès ?

Je plisse les yeux, mais déjà, le grand chien file dans la nuit et je ne suis plus très sûre de ce que j'ai vu. Quoi qu'il en soit, si, par hasard, vous croisez un grand lévrier noir dans une rue de Paris, ne vous risquez pas à chanter un si bémol, car l'animal pourrait se muer en créature magique et vous engloutir en un instant.

Cet ouvrage a été mis en pages
par DV Arts Graphiques à Saint-Nazaire

Impression réalisée par
GRAFICA VENETA
en février 2023
pour le compte des Éditions Bayard

Imprimé en Italie